十年後の愛しい天使に捧ぐ

アニー・ウエスト 作
柚野木　菫 訳

ハーレクイン・ロマンス

東京・ロンドン・トロント・パリ・ニューヨーク・アムステルダム
ハンブルク・ストックホルム・ミラノ・シドニー・マドリッド・ワルシャワ
ブダペスト・リオデジャネイロ・ルクセンブルク・フリブール・ムンバイ

RING FOR AN HEIR

by Annie West

Published by Harlequin Japan,
a Division of K.K. HarperCollins Japan, 2025

アニー・ウエスト

家族全員が本好きの家庭に生まれ育つ。家族はまた、彼女に旅の楽しさも教えてくれたが、旅行のときも本を忘れずに持参する少女だった。現在は彼女自身のヒーローである夫と2人の子とともにオーストラリア東部、シドニーの北に広がる景勝地、マッコーリー湖畔でユーカリの木に囲まれて暮らす。

主要登場人物

ポーシャ・オークハースト……………オークションハウスの事務員。
オークハースト老人…………………ポーシャの父。故人。
レイン……………………………………ポーシャの父の愛人。
ピアーズ・ジェイムソン……………ポーシャの上司。
アレクサンドロス・トマラス………実業家。愛称レックス。
ゾーイ……………………………………レックスの異母姉。
アスパシア………………………………レックスの別荘の家政婦。
アンジェリーキ…………………………ブティックのスタッフ。
ミセス・バスコット……………………レックスの家の隣人。

1

ポーシャは長椅子の端に座り、オークション係が次の出品物について説明している間、膝の上に置いたカタログの上で手を組んでいた。ここで働いているにもかかわらず。名高いロンドンのオークションハウスにいる自分が場違いな感じがした。

いつもは奥の部屋でデスクに向かい、事務仕事にいそしんでいる。ときどき受付を手伝ったり、顧客に軽食を運んだりすることもあった。

今、ポーシャが緊張しているのは、彼女の出品した絵画がもうすぐ競売にかけられるからだ。どうにも落ち着かず、膝の震えを止められない。出品物に買い手がつくかどうかに、人生がかかっていると言っても過言ではなかった。

もちろん、売れるわ。ポーシャは自分に言い聞かせた。傑作ではないかもしれないが、鑑定士が言ったように、イギリスの風景画は人気がある。問題はいくらで売れるかだ。

低賃金の仕事を何年も続け、お金の心配ばかりしてきた彼女にとって、これはチャンスだった。こつこつためてきたお金と今回の売却代金で、目指していた大学への進学を考えていた。

美術史の学位は安定したキャリアを保証するものではないが、ポーシャは自分が何を望んでいるのかわかっていた。夢を諦めるつもりはなかった。

悲痛な失恋と父親の復讐《ふくしゅう》に怯《おび》える代わりに、ポーシャは夢のために戦う決意を固めていた。自分が情熱を注げるものをとことん追求すると。

ポーシャは苦笑した。情熱はずっと前に捨てたはずだった——芸術を除いては。

出品した絵画が人生を好転させるきっかけになることを心から願いながら、ポーシャは手を握りしめた。彼女が相続した唯一の絵画が、できるなら手元に残しておきたいものだったというのは、運命のいたずらとしか思えなかった。

古い石に映る夕焼け、窓ガラスの輝き、淡いピンクの薔薇《ばら》の花吹雪――それらをとらえた絵は、クロプリー・ホールをまるで絵本の挿絵のように見せていた。薔薇は、ポーシャの母親が古い庭を改修して植えたものだった。

子供の頃、ポーシャにとってそこは喜びと冒険に満ちた魔法めいた場所だった。当時は母親がいて、父親とはあまり関わることがなかった。

そして、売却しようとしているこの絵は、ポーシャと母親をつなぐ唯一の品だった。

「さて、みなさま、最後の出品物です」

たちまちアドレナリンが全身にあふれ、ポーシャの膝の震えは激しくなり、カタログが床に落ちた。

もう後悔しても手遅れだ。

ポーシャは身をかがめてカタログを拾い上げた。落ち着いたときには入札が始まっていた。緑色の服を着た女性が手を上げるのが見えた。競売人はさらに後方の誰かに目をやった。

熱狂こそないものの、二人目、そして三人目の手が上がった。ポーシャは首を巡らせて彼らを見た。一人は派手なジャケットを着た白髪の男性で、もう一人は部屋の後方にいて、その姿は見えなかった。

誰が買うかはどうでもいい。まとまったお金さえ入れば。

ポーシャは会場の前方に展示されている絵に視線を戻した。たちまち後悔の念に駆られ、かつて持っていたもの、そして存在したかもしれないものへの憧れで胸がいっぱいになった。

あまりにも深い喪失感に、ポーシャは圧倒された。

熱い涙がにじんだ目をしばたたき、カタログを凝視すると、記憶が、過去の断片が、頭の中で渦を巻いた。胃がきりきりと痛み、彼女は顔を伏せてその痛みに耐えた。

これほどの苦痛を感じたのは何年ぶりだろう。最後に泣いたのがいつだったか思い出せない。

ポーシャが落ち着きを取り戻したときには、オークションは終わっていて、にわかに周囲が騒がしくなった。びっくりして隣にいた男性に最後の商品の落札価格について尋ねようとしたが、その男性は席を立ってしまった。

しかたなくポーシャも立ち上がると、ポーターのフィルが彼女に目を留めてほほ笑んだ。彼が絵画を運び出す前に彼女は急いで駆け寄った。

「フィル、入札額を見逃し《missed》ちゃったの。いくらだった?」

「買い逃し《missed》た? 落札したのはミスター・トマラスさ。ちょっと興奮したよ。彼のような人が買うとは思わなかった」

ギリシアの大富豪が自分が出品した絵に興味を持ったという事実に、ポーシャは目を丸くした。しかし、フィルが落札額を口にしたとたん、頭の中が真っ白になった。

パートタイムで働き、出費に気をつけていれば、大学を卒業するのに必要なお金の大半を賄うのに充分な額だった。

ポーシャは安堵《あんど》し、奥の部屋に入って自分のデスクに向かった。上司から、このところ長時間の勤務が続いていたので、今日は早く帰るように言われていた。けれど、帰り支度を始めるまでしばらく時間がかかった。

この思いがけない幸運で人生が変わると確信しながらも、ポーシャの中で高揚感と緊張がせめぎ合っていた。第六感が、この幸運を当たり前だと思ってはいけないと警告していたからだ。

　ポーシャはかぶりを振って悪い予感を追い払い、宝石や美術品が飾られた優雅な部屋を通り抜けた。おのずと足どりがゆっくりになったのは、贅沢《ぜいたく》な雰囲気にのまれたからではない。展示されているすばらしい作品の数々に見とれたからだ。いつか私もここで美術の専門家として働けるかもしれない。あるいはほかのギャラリーや美術館で。そう思うと興奮を覚え、妙な不安は吹き飛んだ。

　ポーシャは歩幅を広げ、ショルダーバッグを握りしめた。受付の同僚にほほ笑みかけ、外に出る。オークションハウスは通りから奥まったところにあり、彼女は中庭の真ん中を通る通路をエントランスに向かって歩いた。

　ドアを抜けて十二月の薄暮の中、歩道へと足を踏み出したとたん、ライトをつけて走ってきた車が止まり、彼女の前に立ちはだかるようにして男性が降りてきた。

　長身で肩幅が広く、カールした髪が短いレザージャケットの襟にかかっている。長い脚を包んでいるのはジーンズだ。

　ポーシャは心臓が止まったかと思った。恐怖からではない。この時間帯にメイフェアで強盗に遭う可能性は低い。彼女の足を止めたのは、圧倒的な既視感だった。見知らぬ男性であるにもかかわらず。

　薄明かりの中で、ポーシャは彼から目をそらした。

　彼女が知っていた少年は鞭《むち》のように力強かったが、目の前のたくましい男性に比べると、線が細かった。彼女が既視感に襲われた理由は、その髪とジャケットにあった。クロプリー・ホールに飾られていた絵のせいで、過去がよみがえったのだろう。

　ポーシャは脈が速くなるのを無視して震える息を整え、歩道の片側に身を寄せた。

　すると、彼も脇に寄った。

「失礼」そう言って彼が車道の側に移ったときには、彼女も同じ側に移っていた。

ポーシャは自分は動かずに彼を先に通したほうがいいと考え、足を止めた。しかし、彼は動かず、相変わらず彼女の行く手をふさいでいた。

「プリンセス、まさかここできみに会うとは思いもしなかったよ」

頬が燃え上がるほどの熱い衝撃が彼女を襲った。けれどそのほてりは一瞬のちに、氷のような冷たさに取って代わられた。

この声……。確かに聞き覚えがある。でも、こんなふうに聞こえたことはなかった。なんて耳障りなのだろう。

ポーシャのことを〝プリンセス〟と呼んだのは一人だけだった。その呼び名は二人だけの秘密の冗談だった。彼は彼女を、薔薇に囲まれた城に閉じこめられた〝眠れる森の美女〟になぞらえた。

結局、ポーシャは独力で自分を茨《いばら》の牢獄《ろうごく》から救い出したのだが。

彼女はゆっくりと、そしてしぶしぶ顔を上げた。心臓が激しく打ちだし、喉の奥でせり上がる。

日差しを遮っていた雲が晴れたか、あるいはスタッフが通路の照明を明るくしたのか、ポーシャは今、彼をはっきりと見ることができた。

デニム・ブルーの瞳がブロンズ色の肌に映え、つややかな黒髪は輝いている。その珍しい組み合わせに、彼女はいつも魅了されていた。そして、鋭い輪郭を持ち、力強く、ほとんど傲慢とも言える顔だち。ただし、美しく大きな口は信じられないほど柔らかい。ポーシャはその感触を覚えていた。

分厚い胸に手を伸ばさないようにするのは、自制心を総動員する必要があった。息をするのもままならず、ポーシャは息苦しさを覚えた。母の葬儀の翌日、逃げ出そうと母の愛馬に乗って野原を疾駆した挙げ句、高い門に阻まれて転倒したときと同じく。

「レックス？　ここで何をしているの？」

遠くから声が聞こえた。それが自分の声だとポーシャが気づくのに少し時間がかかった。

彼の厳しい表情が和らぐことはなく、ただ黒い眉がわずかに上がっただけだった。そして、答える代わりに、身をかがめて何かを拾った。

「もっと大事にしたほうがいい」

見ると、彼の大きな手にショルダーバッグが握られていた。ポーシャは自分のバッグが落ちたことさえ気づいていなかった。

「僕がここで何をしているかというと……」彼はゆっくりと口角を上げてほほ笑んだ。しかし、それはけっして歓迎や承認の笑みではなく、剃刀《かみそり》のように鋭かった。「美術品を買いに来ただけだ」

もちろん、彼はあなたに会いに来たわけではない。心の声が警告する。彼はあなたがここで働いていることさえ知らなかったはずだから。

「ミスター・トマラス、もうお帰りになったかと思っていました」

背後で男性の声があがった。ポーシャが振り向くと、オークションハウスのディレクター、ピアーズ・ジェイムソンが立っていた。

「何かお探しですか？」

ポーシャはその言葉を聞き逃した。頭の中が疑問符でいっぱいだったからだ。

トマラス？

彼の名はトマラスではない。モランよ！　レックス・モラン、それが彼の名前だ。

ポーシャの意識が男性二人の会話に再び向いたのは、彼らが彼女のほうを向いたときだった。

「この女性は僕の古い知り合いなんだ」

レックスの言葉を聞いて、ピアーズの顔に喜びと驚きの入りまじった表情が浮かんだ。レックスの表情は読み取りがたいが、そのまなざしは、彼がポーシャのことを忘れていない、あるいは許していないことを物語っていた。

ジェイムソンは探るような目で彼女を見たあとで、レックスに視線を移した。「再会を邪魔するつもりはありません。のちほど、例の現代彫刻のカタログをお送りいたします、ミスター・トマラス」

そのカタログはポーシャが校正中の出版物だった。

上司が立ち去り、この陰気な男性と二人きりになった今、これ以上の会話を避けるために、ポーシャは自分のデスクに戻りたい衝動に駆られた。

しかし、これはレックスと話をする唯一のチャンスだった。二人にはやり残した仕事があった。そう思うと、喉が締めつけられ、胃がわなないた。あれから多くのことが変わってしまった……。

「きみは車のヘッドライトを浴びた兎《うさぎ》のように目を見開いている」

彼の表情にはユーモアのかけらもなく、まるで解剖用の標本を前にしているような好奇心しか感じられない。ポーシャは彼との再会を悔やんだ。何年も再会を待ち望み、祈り続けてきたというのに。

もちろん、レックスは気にしていないはずだ。すべては過去のことなのだから。

ポーシャは肩をすくめた。「驚いたわ、こうしてまたあなたに会えるなんて」

「こんなところで僕と会ったことが？　裕福な者たちにまじって、労働者階級のろくでなしがここにいることが？」

彼の皮肉に、ポーシャは赤面した。けれど、誰が彼を責められよう。〝労働者階級のろくでなし〟という言葉は、偏見に満ちた彼女の父親がレックスに放った言葉なのだから。

突然、ポーシャは疲労感に襲われた。

「元気がないようだな。おいで」レックスは彼女の腕をつかみ、道路のほうを向いた。

　その瞬間、ポーシャの血が騒ぎ、脈が跳ねた。彼もそれを感じ取ったかのように、彼女の腕をつかむ指に力がこもった。同時に、彼の強烈な視線に気づいた。これほどの月日が流れても、二人の間には何かが残っているのだ。

　いいえ、これは単なる思い出にすぎない。ポーシャは自分に言い聞かせた。彼が冷ややかな好奇心以外の何かを感じているとは思えない。

　私自身の気持ちは？　あまりにも混乱していて、解読不能だ……。

　嘘《うそ》つき。

　ふと気づくと、ポーシャは彼と並んで歩いていた。そして陽光に照らされた白い砂浜と引き締まった熱い体を彷彿《ほうふつ》とさせるコロンの香りが、彼女の鼻をかすめた
　ポーシャが身を震わせると、腕をつかむ彼の手にさらに力がこもった。この人は私を支えているの？それとも私を囚人のようにとらえているの？

　喉から笑いがこみ上げた。これはヒステリー？ポーシャは奇妙な感覚に襲われ、車も歩行者もまるで現実ではないかのようにぼやけて見えた。唯一の現実は、彼女の隣にいる男性と、興奮と苦痛が入りまじった胃のむかつきだけだった。

　二人はバーに入った。ポーシャが一度も訪れたことのない、法外な値段で知られる超高級店だ。すぐにスモーキー・グレーのベルベットで覆われたアルコーブのブースに案内された。改めて店内を見渡すと、調度はどれも豪華きわまりない。

「飲み物は何がいい？」

　レックスは彼女の名を口にしなかった。

「水でいいわ」

　彼はウエイターに、ポーシャが噂《うわさ》でしか聞いたことのないワインをグラスで頼んだ。レックスとの

縁が切れてずいぶんたつが、その間に彼は高級ワインを好むようになったらしい。それに、お金持ちのようだ。

「フィルがあなたのことを〝ミスター・トマラス〟と呼んでいたけれど？」

彼の目に何かがひらめいた。硬くて危険な何かが。

しかし、ポーシャは彼を恐れていなかった。彼に傷つけられたことは一度もない。とはいえ、その冷ややかな視線は、研ぎ澄まされた刃物のようだ。

「そう、今の僕の名はレックス・トマラス」

彼の声は記憶にあるよりも深く、鳥肌が立った。ポーシャは細胞レベルで彼が男性であることを意識した。こんな状況下でも、心の奥底が柔らかくなるのを感じる。それは魅力的な男性に反応する女性のとろけるような感覚にほかならなかった。正直に言えば、彼女は最初からそれを感じていた。

ポーシャは椅子の上で背筋を伸ばし、自分の体と格闘していた。そのため、思わず声がきつくなる。「アレクサンドロス・トマラス？　それがあなたの本当の名前なのね？」

意味がわからない。ポーシャは彼を知っていた。彼のすべてを。彼はギリシア人ではなく、アイルランド系のイギリス人だ。

「そのとおり。パスポートを見せようか？」

ウエイターが赤ワインのグラスと、ライムスライスを添えたスパークリング・アイスウォーター、そしておつまみを持ってきた。

ポーシャはアルコールを注文すればよかったと思った。張りつめた神経を和らげるために。それでも、グラスに手を伸ばしながら尋ねた。「どうして名前が変わったの？」

「興味があるのか、今さら？」

まるで昔は興味を示さなかったと言わんばかりの物言いに、ポーシャは身を硬くした。驚くにはあたらないが、爆発的に湧き起こった苦悩と後悔に対する心構えはまだできていなかった。

グラスを口に運ぶ手を止め、ポーシャは彼を見つめた。その目にある輝きの意味を読み取ろうとしたが、できなかった。

彼の皮肉など気にも留めないことを示そうとポーシャは肩をすくめた。それから水を口に含み、喉に流しこむ。彼の声音ににじんでいた軽蔑の念がもたらした痛みを押し流すかのように。

レックスはワイングラスを持ち上げ、軽くまわした。彼の官能的な口と、ワインをのみこむときの喉の動きから、ポーシャは視線をそらした。そして、グラスを銀のコースターに置き、ショルダーバッグに手を伸ばした。

「父を見つけたんだ」

思いがけない彼の言葉に、ポーシャはぱっと顔を上げた。「お父さんを？　本当に？」

ポーシャは興奮して頬を紅潮させ、顔をほころばせた。レックスは父親を知らずに育ち、彼の母親もその話題には触れたがらなかった。そのことに彼がどれほどいらだっていたか、ポーシャは覚えていた。しかし今、レックスの鋭い視線にさらされ、彼女の笑みは消えた。彼は少しもうれしそうでなかった。

「お父さんを好きになれなかったの？」

「いや。それどころか、彼は僕が最初に出会ったまともな人だった」

レックスはスナック菓子の皿に視線を移し、じっくりと選んで口に放りこんだ。

その間に、ポーシャは彼の表情と言葉について思案する時間が持てた。含意は明らかだ。彼の人生には、まともな人はいなかったということだ。

「きみも含めて」

ポーシャは頭では、彼がそう感じていることはわかっていた。それでも、彼に軽蔑のまなざしを注がれるのは耐えがたかった。

「父は僕に会えて喜んでいた。僕にとっても人生最高の日となった。家族もできたし」

ポーシャは胸に痛みを覚えながらも、彼を羨むつもりはなかった。レックスはいつも冷静だったが、気難しい母親との生活がいかに悲惨だったか知っていたからだ。父親について本当のことを知りたいと切に願っていたことも。

彼女はまた、父や周囲の村人たちがレックスを中傷するのを聞いていた。いわく、彼は移り気で怠け者で、見知らぬ旅人だった父親から悪い遺伝子を受け継いでいる、などと。ポーシャの父親の影響で、村人たちの半分は、暗いブロンズ色の肌を持つ早熟な少年と、村のルールに従おうとしない彼の母親に偏見を持っていた。

「よかったわ、親子の対面が果たせて。それで、あなたはお父さんの姓を名乗ったわけね」

「実は僕の姓はずっと〝トマラス〟だった。母が嘘をついていたんだ。僕を産んだとき、母は結婚していた」

ポーシャは目を丸くした。レックスは母親が再婚した男性の姓を名乗っていた。つまり、母親は息子が別の姓を名乗る権利があることを知らずに、彼を育てていたのだ。母子《おやこ》二人は、クロプリー・ホールの厩舎《きゅうしゃ》で働く母方の大叔父が所有する小さなコテージで、困窮生活を送っていた。

ポーシャはかぶりを振った。「よくわからない」

するとレックスは肩をすくめ、そのなめらかな動きで彼女の視線をそこに引きつけた。

「母はなんの前触れもなく父のもとを去ってしまい、父は何年も僕たちを捜したそうだ。母の故郷のアイルランドや、母の親戚のいるアメリカを中心に。父は、産後鬱を患ったうえ、外国での新生活に適応できなかったために家出したのではないかと推測していたという」彼はそこで言葉を切った。「母が死んだ今、真相は藪《やぶ》の中だ。だが、母が嘘をつき、僕と父に多大な苦痛を与えたことは間違いない」

レックスは彼女の目を見すえていた。案の定、彼の目には、紛れもない軽蔑があった。

ポーシャは説明しようと口を開いたものの、言葉が出てこなかった。彼女に傷つけられたと思いこんでいるこの男性にどうやって説明すればいいのか、見当がつかなかった。

長い間、ポーシャは強く生きてきたが、レックスの軽蔑のまなざしは彼女の心に穴をあけた。今、ポーシャは耐えがたいほどの疲れを覚えていた。

たとえ説明したところで、なんの意味があるだろう？　彼は私の言うことを信じないし、たとえ信じたとしても何も変わらない。

ただ、知っておくべきことが一つあった。

「あなたは今日、私がいると知っていてオークションに来たの？」

レックスはしかめっ面をして答えた。「まさか。きみがいるなんて知らなかった。カタログでクロプリー・ホールの絵画を見て、買おうと思い、やってきたんだ」

ポーシャは息をのんだ。「どうして？」

再び彼は肩をすくめた。今度のそのしぐさはどことなく地中海風に見えた。彼女が知っていた少年は幻影で、アレクサンドロス・トマラスはずっとギリシアの太陽の下で暮らしてきたかのようだ。

「気まぐれさ」そう言って彼は長い間、ポーシャの視線をとらえていた。「だが、考えが変わった。もう手放すよ。あの場所は好きになれなかった。燃やしてしまうかもしれない」

口調こそ穏やかだが、彼の目には残忍な光が宿っていた。ポーシャがどれほどあの場所を愛していたか、彼は知っていた。さらに、彼女の芸術への愛も理解していた。そのため、それを破壊するという考えが彼女をどれほど恐怖に陥れるかも理解していた。ポーシャは打ちひしがれ、彼とこの店に来たことを悔やんだ。これ以上、彼と話していても、傷つくだけだ。

彼女はレックスの怒りを理解できたが、その標的になるのはいやだった。そして残酷な男にはもううんざりしていた。

ポーシャはリネンのナプキンで唇を拭うやいなや、立ち上がった。「ごちそうさま、アレクサンドロス」彼女が知っていた少年レックスはとうの昔に消えていた。「あなたがうまくやっているとわかってうれしいわ」

それから体の向きを変え、ポーシャはテーブルの間を縫うようにして出口に向かった。びんと背筋を伸ばして、一度も振り返ることなく。

2

レックスはズボンのポケットに手を突っこみ、会議室の大きな窓の前に立っていた。アテネ市街の向こうに広がる紺碧《こんぺき》のエーゲ海を眺め、いらだたしげに爪先で床をたたきながら。

会議はうまくいき、本来ならスタッフに連絡を取って次のステップを確認するべきだった。計画のさらなる展開を考えれば、するべきことは山ほどあった。しかし、彼の頭にあったのは、傷つき、大きく見開かれたパンジーのような紫がかった茶色の瞳と、こぼれ落ちる感情をこらえるかのように噛《か》みしめていた唇だった。

ポーシャがオークション会場から急いで裏口から

出ていくのを見た瞬間、すべてが変わった。突然レックスの知っている世界が軌道から外れ、見慣れたものさえ違って見えた。

　レックスはかぶりを振った。ちらりと後ろ姿を見ただけなのに、すぐにわかった。

　彼女に会っても、何も変わらないはずだった。二人が心を通わせていたのは昔のことだ。ポーシャはレックスを蔑んだ。彼女の家柄を考えれば、信じてはいけないとわかっていたはずなのに。

だが、おまえは信じた。心の声が指摘する。そして再び信じたくなった。

　確かに。なぜなら、ポーシャは途方に暮れ、動揺しているように見えたからだ。過去が彼女にとってなんらかの意味があったかのように。僕が彼女にとって何か意味がある存在だったかのように。

　一度おまえを受け入れた彼女は、またおまえを弄ぼうとしている。再び心の声。もちろん、彼女が動揺していたのは、突然の再会だったからにすぎない。

　しかしレックスは、やり残したことがある気がしてならなかった。彼には知りたいことがあった。

　ポーシャに復讐心《ふくしゅうしん》を抱いたことはなかったし、自分の世界が崩れたときでさえ、彼女を責めたてたことはなかった。彼は十九歳だったが、彼女はまだ十七歳になったばかりだった。レックスは、自分の想像以上にポーシャが彼女のひどい父親に似てきたことに驚くべきではないと自分に言い聞かせていた。とはいえ、ポーシャの裏切り、そしてそれ以上に彼女が示した軽蔑の念には傷ついた。

　レックスの母親がいかに彼に嘘《うそ》をついてきたかを知ったときと同じくらいに。

　論理的に考えれば、ポーシャの裏切りは結果的に彼に幸運をもたらした。彼女がいないほうがよかったのだ。なのに……。

　再びレックスはかぶりを振った。ポーシャが何をしたかは関係ない。感情をあらわにするのは、つけ入る隙を相手に与えるだけだ。そのことを、彼はビジネスを通じて学んだ。

だが、ここロンドンでは怒りに身を委ねた。

ポーシャは僕がどれほど傷ついたか察しただろうか？　彼女は僕をあざ笑っていたのか？　それとも、富と権力を手にした僕を見て、僕を捨てたのを後悔したのだろうか？

オークハースト家は名声と金を大切にしてきた。

レックスは頭皮を短い爪でかきむしり、実りのない思考の連鎖を断ち切ろうとした。

あの絵を破壊すると脅すべきではなかった。しかし、あのときは、落札に成功した快い興奮を彼女に悟られたくなかったのだ。

レックスはカタログであの絵を見た瞬間、自分のものにしようと決意した。オークハーストの老人が経済的に困窮し、資産を売り払う必要に迫られていて、そのうちの一つをレックスが手に入れたら、なんと痛快なことか。あの老人は、レックスのことを〝ロマのろくでなしの息子〟と呼んだ。

とはいえ、レックスは単なる優越感に浸るためにあの絵を買ったのではなかった。ポーシャとの、短くも甘美で幸福な時間を思い出させたからだ。初めてあの絵を目にしたとき、彼は自分の中の何かが和らぎ、憧れを抱いた。

そんな感傷から絵を手に入れたと彼女に気づかれたくなかった。それで、燃やしてしまうかもしれないなどと口走ったのだ。

レックスはもう若かりし頃の夢など信じていなかった。今にして思えば、そんな夢を信じていたことが不思議でたまらない。たぶん、ポーシャと一緒だったからだ……。

レックスは会議室を出た。過去ではなく現在、そして将来の計画に集中する必要があった。

三週間後、レックスはメイフェアに戻った。

表向きは、オークションに出品される彫刻を見るためだった。だが、静まり返った豪華なレセプションルームに足を踏み入れたとたん、ポーシャに会えるかもしれないという期待に背筋がぞくぞくした。

もっとも、ただ彼女の身辺を調査するために誰かを雇うことに、レックスは抵抗感を覚えた。彼女の父親が資産を処分するということは、何か大きな変化があったに違いない。しかし、大金をかけて調査するほどオークハースト家に興味はなかった。

ポーシャが働いているかどうかを確認するために、秘書にオークションハウスに電話をかけさせただけでは〝調査〟にはあたらない。

一流の美術品のみを扱うオークションハウスで働くことは、まさに若い貴族の好みにかなっている。いかなる変化があったにせよ、ポーシャの父親はまだ彼女を支配し、きれいな仕事を娘に与えたのだろう。そこに集う富豪たちとの縁を期待して。

レックスは冷笑に唇を引きつらせた。近頃はそうした富豪たちが僕を歓迎する。妙な話だ。世の中、やはり金がものを言うのだ。

それでも、彼はある不愉快な真実を覆い隠せはしなかった。三週間前、十数年ぶりにポーシャに会ったレックスは、ここ数年味わったことのない何かを感じていた。

彼はそれに名前をつけるのを拒み、再会の驚きの中で呼び起こされた古い感情の名残にすぎないと自分に言い聞かせた。しかし、そのことに不安を抱き、今度ポーシャに会ったときには何も感じないことを証明するために、わざわざロンドンに来たのだ。

そして、それを確かめたあとで立ち去り、二度と彼女に会わないつもりでいた。

「ミスター・トマラス、またお訪ねいただき、光栄です。今日は何をお探しに？」

レックスはこの店を経営するピアーズ・ジェイムソンと握手を交わした。「近くまで来たので、寄ってみようと思ったんだ。それに、ロンドンにいる間に昔なじみに会っておこうと思ってね。ポーシャ・オークハーストのことだが」

「ああ、なるほど。すぐに呼んできましょうか？」

「いや、彼女を驚かせるために、終業時刻まで待つよ。その間に展示品を拝見したい」

「実にすばらしい」ジェイムソンは彼を、次のオークションの出品物が展示されているギャラリーへと案内した。「彼女の仕事は三十分以内に終わるようにしておきます」

レックスは礼を言ってギャラリーに入った。

僕は誰を欺こうとしているんだ？　ジェイムソンでさえ、僕の目当てはポーシャであることを見透かしているのに。

そう、僕は彼女と絶縁するためにここに来たのだ。久しぶりの再会の驚きが消えれば、単なる昔なじみに会うようなものだ。それ以上の意味はない。

レックスはスタッフからカタログを受け取ると、彫刻を最も効果的に展示するために照明に工夫が凝らされた区画に入った。

興味を引かれる作品がいくつかあった。とりわけキクラデス文明の彫像は原始的だが力強く、それを自分の家に飾るところを想像してみた。だが、またもポーシャのことに気を取られ、買う意欲は失《う》せた。彼の注意は、展示品よりも、彼女が出てくるはずのドアに向けられていた。

レックスは時刻を確認した。青みがかったグレーの服を着た華奢《きゃしゃ》な女性が受付近くに姿を現したときには、すでに三十分以上がたっていた。

鼓動が速く、大きくなる。興奮ではなく、もうすぐけりがつくという満足感からに違いない。もう一度だけ短い会話を交わせば、人生から彼女を切り捨てることができる。ポーシャ・オークハーストは遠い記憶にすぎなくなるのだ。

レックスはギャラリーを出て、ポーシャを追った。

もうポーシャに興味はないかもしれないが、だからといって彼女のしなやかな動きに感心しないわけではない。もともと彼女は運動神経がよく、特に乗馬のときはその優雅さが際立っていた。今はぴったりとしたジャケットと直線的なスカートを身につけ、ほかの女性なら魅力的に感じたかもしれないほっそりとした曲線を浮き立たせていた。腰の揺れは魅力的だが、誇張されてはいない。ブロンドの髪は見事にまとめられ、首の細さを際立たせていた。

そう、もし彼女がポーシャ・オークハースト以外の女性だったら、誘惑されたかもしれない……。

玄関の手前で彼女は黒っぽいコートに身を包んだ。レックスは歩幅を大きくして、彼女が歩道に出たところで追いついた。

「なんという偶然だ」レックスはつぶやき、驚く彼女をじっと見た。腹の中では、小さな満足感が湧き起こっていた。前回会ったとき彼女に感じさせられたことが、彼は気に食わなかった。自分をコントロールしようともがいていた。「十年以上も会っていなかったのに、この一カ月で二度も会うとは」

ポーシャはゆっくりと振り返り、まずその横顔をあらわにした。鼻筋にほんのわずかな段差があるだけの、ほとんどまっすぐな鼻、きれいな曲線を描く顎、そして柔らかく、少し口角の上がった唇。レックスはすぐさま、長く黒いまつげと片方の眉の優雅なアーチに目を留めた。

彼と面と向かったポーシャは目を大きく見開き、赤い口紅を塗った唇を開いた。みるみる顔から血の気が引いていく。

その瞬間、何も感じないはずだという彼の予想は覆された。

レックスはその柔らかな唇から目をそらし、視線を彼女の目に戻した。明かりの中で、青みがかったグレーのスーツに映えるその瞳は、アメジスト色と深い茶色の間で揺らめいているように見えた。

彼は咳払《せきばら》いをし、我ながら驚くべきことを口にした。「絵を燃やすつもりなどなかった」

どちらかといえば、レックスは寡黙で、自分の思いを内に秘める傾向があった。一匹狼《いっぴきおおかみ》として育った彼は、その特質はビジネスにおいては武器になると感じていた。何も考えずに思っていたことを口にしたのはいつ以来だろう？

彼女もショックを受けたのか、顔がゆがんだ。あるいは安堵《あんど》したせいだろうか？　いずれにせよ、彼女の顔は赤みを取り戻していた。

レックスは彼女のベルベットのような瞳を見下ろし、どんなに理屈をこねても消し去ることのできない深い憧れに胸が締めつけられた。手を伸ばしたくなるような、彼女の柔肌に触れたくなるようなうずきに。そして何よりも、彼の下腹部は極度に張りつめた。すぐにここを立ち去ろうなどという考えに激しく抵抗するかのように。

「うれしいわ」

レックスは一瞬、あなたに会えてうれしいと彼女が言ったのかと思った。もちろん、彼女が言ったのは絵のことだった。

おまえも落ちぶれたものだな。心の声が嘲った。女たちがおまえにすがりつき、気を引こうとするのに慣れすぎたせいだ。

居心地が悪そうに視線を泳がせながらポーシャは言葉を継いだ。「次のオークションの下見？」

レックスはうなずきつつも、彼女の声がかすれていることに気づいた。彼女も僕を意識しているのだ。そう思い、なぜかうれしくなった。

ポーシャはそれを無視しようと決めこんでいるように見えた。雨がぱらつき始め、彼女はバスを探すかのように彼の背後に目をやった。

「そのとおり」レックスは言い、ポーシャがオークションハウスで働いていることを知らないふりをして尋ねた。「きみは、なぜここに?」

表情から察するに、ポーシャはここのスタッフであることを認めるかどうか迷っていた。彼女は生活のために働くことを恥じているのか? かつてのレックスなら、そういう考えを一笑に付したかもしれない。だが、自分が思っているほど彼女のことを知らなかった。ポーシャ・オークハーストは、かつて彼が信じていたような女性ではなかった。

「私はここで働いているの」

「なるほど。きみは美術に関心があったからな」

ポーシャが目を見開いた。彼が覚えていたことに驚いているらしい。レックスは〝僕はすべて覚えている〟と言いたい衝動に駆られた。最後の、ひどいメールの一言一句まで。

その記憶が彼の顎をこわばらせ、彼女が臆して半歩あとずさりした。

嫌悪している女性が欲しくてたまらなくなるなど、そんなことがありえるだろうか?

ポーシャは首をかしげて彼を見つめた。「芸術はあなたの趣味の一つだったかしら?」

レックスは肩をすくめた。「興味を持ちだしたのは、だいぶあとになってからだ」

彼の父親の美術コレクションが興味を持つきっかけとなった。それに、彼はもはや生活費を稼ぐために最低賃金で三つの仕事を掛け持ちする必要はなかった。確かに多忙で、自由な時間はあまりないが、それは彼の選択の結果だった。それでも、好きなときに贅沢《ぜいたく》を楽しむ時間も持ち合わせていた。

ポーシャも僕が求める贅沢の一つなのか?

狂気の沙汰だ。レックスはその考えを払いのけた。同じ過ちは二度と繰り返さない。今度は僕が去る側になり、彼女に意趣返しをするのだ。

穏やかな雨が二人の髪を濡《ぬ》らし始《はじ》めても、ポーシャは彼をじっと見上げていた。数分前は一刻も早く立ち去ろうとしていたにもかかわらず。

レックスは手を伸ばし、彼女の肘に触れた。「こんなところで濡れているのはばかげている。場所を移さないか？」

彼は辛抱強くポーシャの返事を待った。胸がどきどきする。彼女の何がこのような反応を引き起こすんだ？

レックスは、自分のビジネスを立ち上げる前から、何年も懸命に働いてきた。しかし、彼女の返事を待っていると、かつての青二才の頃に戻ったような気持ちになった。いずれにせよ、この女性を自分の中から追い出す必要があった。

ようやく彼女はうなずいた。「ええ、そうね」

しかし、言葉とは裏腹に、ポーシャが彼に向けた視線は険しく、口元はこわばっていた。

レックスは彼女を促して歩きだし、最高級のホテルへ連れていった。ロビーのドーム型の天井は高く、黒と白のタイル張りの床は美しい。二人はそこを横切り、バーに向かった。いくつもの好奇の視線を浴びたが、彼は無視した。しかし、隣を歩くポーシャの香りは、意識せざるをえなかった。そのなじみ深いブルーベルの香りはクロプリーの春を思い出させ、彼の鼻孔を刺激した。

バーに着くなり、甘い記憶はたちまち吹き飛んだ。いつもは静かなバーが、今日は派手な若者たちでごった返している。彼らの訛《なま》りは、生まれながらにして持つ特権階級であることを物語り、叫び声は、自分たち以外の人間にはまったく関心がないと宣言していた。

「計画変更。ばか騒ぎをする連中がいないところへ行こう」

　ポーシャの眉間に小さなしわが寄るのを見て、彼は一瞬、気が変わったのではないかと心配した。だが、彼女はうなずき、レックスの中で満足感と期待が交錯した。

　こんなのは間違いだとポーシャにはわかっていた。エレベーターを降り、パブリックスペースではなく、プライベートスイートへと続く静かな廊下に出たときに引き返すべきだったのだ。けれど、レックスがカードキーを使って豪華なスイートルームのドアを開けたときも、彼女は無言で立っていた。

　なぜなら、こうする必要があったからだ。真実を明らかにする必要があった。そして立ち去るのだ。

　しかし、レックスが長い脚で部屋を横切る様子や、見慣れたこめかみと鋭い顎を横目で見ているうちに、ポーシャは知らず知らず長いため息をついていた。

　立ち去りたくなかった。

　数週間前にはなんとかできたものの、今それができるかどうか、ポーシャは自信がなかった。あのときは二人の間に怒りがくすぶっていたが、今日は違ったからだ。

　彼女が十七歳になったあの夏のように。二人の間に散る火花、言葉を超えたコミュニケーション、そして息もつかせぬ情熱が、新しい世界への扉を開いてくれた夏……。

　やめなさい。ポーシャは自らを戒めた。たとえ戻りたくても、もう戻れないのだから。

「何を飲む？」

　レックスが携帯電話を耳に当てたまま彼女のほうに顔を向けた。離れていても彼の視線は強烈で、ポーシャは身を震わせた。濡れて体が冷えているからよ。彼女は自分に言い聞かせた。

「ホットチョコレートをお願い」注文する前にレックスが驚いたのがわかった。最近、彼はシャンパンと高級ワインしか飲まないのかもしれない。

　じっとしていられず、ポーシャは室内を歩きまわった。部屋は広く、調度品もすばらしい。窓の向こうには公園を見渡す百万ドルの夜景が広がっていた。田舎の豪邸の優雅さと洗練された都会的な雰囲気が見事に調和している。なんて贅沢な部屋だろう。全盛期のクロプリー・ホールのようだ。

　状況はすっかり変わり、今この世界はレックスのもので、ポーシャは小さな共同アパートメント暮らしを余儀なくされていた。

　もっとも、彼女は家を出てから自力で生きてきたことを誇りに思っていた。娘は尻尾を巻いてすぐに舞い戻ってくるという父の予想に反して。

　肌がちくちくして、ポーシャはレックスが近づいてくる気配を感じ取った。かつてのように。足音は分厚いカーペットに吸収されていた。

　レックスは、公園を眺めているポーシャの左肩から腕一本分も離れていないところに立った。にわかに血がたぎり、彼女は無意識のうちに腕をさすっていた。

「寒いようだな。暖房をつけようか？」

「いいえ、大丈夫」ポーシャは頬が熱くなるのを感じながら、着古したコートを脱いだ。

「僕がやろう」そう言って、彼は手を差し出した。

「ありがとう。でも、結構よ」彼女は首を横に振り、チェスターフィールドの肘掛けにコートをかけた。そうしておけば、いつでもすぐに出ていくことができる。彼が近づくたび、びくびくしていた。

　結局、これは悪い考えだったのかもしれない。とはいえ、ポーシャは臆病者ではなかったし、長い間、二人の過去を清算したいと思っていた。

「あなたはロンドンに住んでいないのね？」ホテル

に泊まっている以上、それは明らかだが、ポーシャは沈黙を埋めずにはいられなかった。

「僕の家はギリシアにある。だが、ここロンドンに気になることがあってね」

あなたのことを言っているわけじゃないわ。内なる声が釘《くぎ》を刺した。彼はビジネスマンだから、出張でロンドンに来たついでに、オークションハウスに立ち寄っただけ。彼はあなたがそこで働いていることさえ知らなかったはずよ。

ポーシャはレックスに遠い昔の夜のことを打ち明けるつもりだった。彼と会うのはこれが最後で、二人は別々の道を歩むことになる。彼女を悩ませていた、彼にまつわる過去の亡霊が消えるのだ。

そして、晴れて前に進める。それこそが私がずっと望んできたことだ。そうでしょう?

息を吸って振り向くと、思ったよりも近くにレックスがいた。

彼はこんなに背が高かったかしら?

長身で、肩幅が広く、胸は分厚い。どこを取っても贅肉《ぜいにく》はない。その無駄のなさが冷酷な印象を醸し出していた。

故郷ではレックスに対してよからぬ噂《うわさ》がささやかれていたが、ポーシャは彼を前にしても緊張することはなかった。村人たちがレックスを警戒するのは、彼とその母親の出自が明らかでなく、親子とも不健康そうに見えたうえ、母親が周囲となじもうとしなかったからだ。けれど、ポーシャにとって彼は友人であり、親友となって、ついには……。

ところが、レックスは変わってしまった。あの印象的な青い目さえも、今では違って見えた。かつては、そこに垣間見えたユーモアは消え、代わりに警戒の色があった。

あなたには関係のないことでしょう。またも内なる声が割りこんできた。言いたいことを言って、さっさと立ち去るのよ。

「レックス、私は……」

部屋の反対側で動きがあり、ポーシャは言葉を切ってそちらを見た。ダークスーツに身を包んだ男性が大きなトレイを持ってスイートの奥から出てきた。

「こちらでよろしいですか、旦那さま」

「ああ。ありがとう。世話になるよ、メイソン。また明朝」

「はい。おやすみなさい、旦那さま、奥さま」

男性はお辞儀をして出ていった。

「執事も連れてきているの？」ポーシャは驚いた。

レックスは彼女に座るよう手ぶりで促してから、ボーンチャイナのマグカップを手渡した。濃厚なホットチョコレートにホイップクリームがトッピングされている。

「いや、メイソンはこのホテルのコンシェルジュで、プレジデンシャル・スイートに泊まる特典の一つだ。僕が執事と一緒に旅行するなんて想像できるか？」

ポーシャは首を左右に振った。「もうあなたのことは何一つわからない」

青い目に彼女には読み取れない何かがよぎったかと思うと、レックスは首をかしげた。「ずいぶんと会っていなかったからな」

彼はコンシェルジュが持ってきた料理を彼女の前のテーブルに置いた。スモークサーモンとディルが添えられた上品なそば粉入りのパンケーキ《ブリニ》、一口で食べられそうなほど小さな香ばしいキッシュだ。けれど、彼女は緊張のあまり食べられそうになく、飲み物に口をつけた。

濃厚だが甘すぎないチョコレートが張りつめた神経を癒やす。ポーシャはもう一度口に含んでからマグカップを両手で包んだ。

レックスは小さなグラスに赤ワインをつぎ、近くの肘掛け椅子に腰を下ろしてから、グラスを掲げた。

「古い知り合いに乾杯」

ポーシャもマグカップを持ち上げ、口をつけた。彼女は古い記憶と鋭く新しい感覚の網にとらわれていた。今、肉体的な魅力を感じているとはいえ、かつて彼女が心を許したのはこの男性ではなかった。

しかし、二人には未解決の問題があった。この数週間、ポーシャはずっといらだっていたが、その理由が今わかった。真実を明らかにして二人の過去を清算するまで、私の心は安まらないに違いない。

「きみは……」

「あの夜……」

二人とも息をのみ、相手が何か言うのを待った。心臓が早鐘を打つのを意識しながら、ポーシャは彼の目が細くなるのを見た。

「あの夜がどうした、ポーシャ？」

彼女の名を口にするときのレックスの声音にはシルクのようなつややかさがあった。それは、彼女が何年もかけてやっと築きあげた防御壁をじわじわと侵食した。

ポーシャは唇を舐《な》め、マグカップをぎゅっと握りしめた。「あなたは、あの夜、私があなたを見捨てたと思っているんでしょう？」

息をしているのかと思うほど、レックスはすべての動きを完全に止めた。「きみははっきりと言ったじゃないか、気持ちが変わったと」

ポーシャは首を横に振った。「いいえ。私の気持ちは変わっていなかった。あなたのところに行くつもりだった。でも……彼に止められたの」

かつて、ポーシャはレックスの目にさまざまな表情が宿るのを見た。笑い、共感、欲望、そして怒りさえも。怒っているレックスを見たことはあるが、彼女に怒ったことはなかった。今、ポーシャはそれを目の当たりにした。冷たい怒りを。彼がそれをかろうじて抑えている様子は、怒りそのものより恐ろしかった。

「私のことを信じていないのね」

そんなことはどうでもいいとばかりに、レックスは無造作に肩をすくめた。「〝彼〟とはきみの父親のことか？　きみは、お父さんは僕たちの仲を知らないと言っていたはずだが、彼がきみに何をしたというんだ？」淡々とした口調で続ける。「塔に閉じこめたとでも？　今は二十一世紀だ、ポーシャ。中世じゃないんだ」

ポーシャは二人の間にあるローテーブルにマグカップをたたきつけるように置くと、いきなり立ち上がった。

「クロプリー・ホールに塔がないのは、あなただって知っているでしょう。父が使ったのは地下牢《ちかろう》よ」

3

レックスは、彼女が我が身を守るように、体を丸めるのを見た。

それでも信じることはできなかった。空想としか思えない。しかし、彼女の言ったことが事実だとしたら……。そんなことは考えたくもなかった。

ポーシャは彼に背を向けた。「あなたが父から何を言われたにせよ、それは出任せだったのよ。あの夜、あなたのところに行きたかったのに、私は幽閉されて……」

レックスは慎重にグラスをテーブルに置いた。乱れた感情をしずめるために。「実の父親の手で地下《ち》牢《ろう》に閉じこめられたと、きみは本気で言っているのか？」確かにあの男は偏見に満ちていたが、自分の評判が地に落ちる危険を冒してまで、娘を地下牢に放りこむとは思えなかった。「そもそも、クロプリー・ホールには地下牢などなかった」

　ポーシャは震える息を吐き、肩を落としてチェスターフィールドまで歩いてコートを手に取った。

「忘れて。もうどうでもいいわ。ここに来たのは間違いだった」

　すでに彼女はレックスから離れて歩きだしていた。今回はメールで別れを告げる代わりに、ただ彼に背を向けて。

　レックスは無意識のうちに彼女の腕をつかみ、自分のほうを向かせた。

　次の瞬間、彼は衝撃を受けた。

　ポーシャが泣くのを見たのは、母親が死んだ日だけだった。そのときでさえ、泣き顔を見せたくなかったのか、彼の手を振りほどき、厩舎《きゅうしゃ》に行って馬の世話と掃除をし続けた。彼が迎えに行くまで。

　今、レックスは涙に曇った彼女の目をじっと見た。傷ついた暗い目を。ポーシャはまばたきをして目をそむけ、彼の手を振りほどいた。

　鋭い痛みが胸から腹にかけて走り、レックスは顔をしかめた。そして思い出した。彼女がどんな欠点を持っているにせよ、嘘《うそ》つきではなかった。

　ポーシャからの最後のメールはあまりに残酷で、彼は打ちのめされた。クロプリーはおろか、イギリスからも去る気にさせた。とはいえ、それは少なくとも正直な告白であり、レックスに、二人の関係が終わることになんの疑いも抱かせなかった。

　しかし今になって、レックスの中に小さな疑念が生まれた。「話してくれ、ポーシャ」

「無意味よ。ずいぶん昔のことだもの」みずみずしい唇が一瞬ゆがみ、それから彼女は彼に向き直った。

　ポーシャの顔色はよくなりつつあるが、目は輝きを失っていた。すべての感情を消し去ったかのように。そのため、レックスは真相を究明する決意を固めた。放っておけという内なる声を振り払って。

「もう遅いから、そろそろ帰らなくては」彼女の声は平板だった。「家まで遠いから――」

「話してくれ、ポーシャ。頼む」

彼はもはやホルモンと感情に振りまわされるティーンエイジャーではなかった。愛した女性が自分の気持ちを返してくれたことに感激した少年でもない。ロンドンに彼を呼び戻したのは、肉体的な魅力の真相を明らかにしてポーシャとの関係にけりをつけようとしている大人の男だった。

いずれにせよ、二人の人生がもはや交差する可能性はほとんどないことを、レックスは知っていた。

ポーシャは探るように彼を一瞥《いちべつ》してから、床に落ちたコートを拾った。しかし、ドアには向かわず、窓際に置かれた椅子の肘掛けに腰を下ろし、コートの下で腕を組んだ。いつでも立ち去れるように。

レックスは窓とは反対側の壁際に立ち、壁にもたれてポケットに手を突っこんだ。

「あの朝、父は私たちのことを知った。レインに目撃されてしまったの。私たちが離れから出てくるところを。そして、彼女は私たちがその日の夜に駆け落ちをするつもりだと知り、父に告げた」

レックスはレインのことを思い出した。ポーシャの母親が亡くなってから数カ月後にクロプリー・ホールに足繁《あししげ》く通い始めた女性だ。オークハースト老人は彼女にぞっこんで、結婚間近という噂《うわさ》もあった。ポーシャとレインは折り合いが悪かった。

「父は激怒したわ」

厩舎でのレックスの働きぶりを評価していたにもかかわらず、彼と娘が駆け落ちするなど、オークハーストにとっては言語道断だったのだろう。

だが、その日の午後、レックスと大叔父が厩舎で働いている間、なんの異変もなかった。その日の夜遅く、ポーシャの父親と出くわしさえした。無愛想だったが、特に変わった様子はなかった。

ポーシャは続けた。「父は怒りに震えながらも、怒鳴ったりはしなかった。かえってそれが不気味だった。父らしくなくて」

レックスはオークハースト老人が怒りをこらえているさまを想像しようとしたが、できなかった。老人は癇癪《かんしゃく》持《も》ちで有名だったからだ。

「父は私の腕をつかんで図書館に連れていき、おまえのために立てた計画がある、と言った」

ポーシャの父親が俗物で、娘を貴族か資産家と結婚させたがっていたことを、レックスは思い出した。

「父は聞く耳を持たなかった。私が話そうとするたびに遮り、一方的に話し続け、ついに……」ポーシャはためらいがちに片手を頬にあてがった。

レックスの顔から血の気が引いた。「ついに？」

彼女が黙りこむと、彼は背筋を伸ばし、両手を握りしめた。「殴られたのか？」

オークハースト老人の気性の荒さはよく知られていた。彼が近づくと、馬でさえ神経質になる。とはいえ、ポーシャの話では、暴力を振るうことはなかったという。

彼女はうなずいた。「信じられなかった。殴られたせいで、そのあと私はしばらく体がふらついていた。父は私を部屋から連れ出し、階段を下りた。自分がどこにいるのか気づいたときには、ドアには鍵がかかっていて、携帯電話も奪われていた」一息ついてから続ける。「そう、そこは地下牢だった。今はワインセラーになっている場所の奥に、その名残があるだけだけれど。クロプリー・ホールはもともと古い城の廃墟《はいきょ》の上に建てられたの」

「殴られたうえ、地下牢に監禁されるとは！」レックスは吐き気を催した。「怪《け》我《が》の程度は？」

「打撲と……ショックだけ」

「それでも、まったく免罪符にはならない」

ポーシャはうなずいたものの、表情は険しいままだった。「私たちのことを知ったら、父は激怒するとわかっていたからこそ、駆け落ちをするつもりだったのに、まさかあんなふうに反応するとは思ってもみなかった」彼女は深呼吸をした。「結局、父は経済的に行きづまっていたのね。私たちは何年もの間、身の丈以上の暮らしをしていたみたい」

「そうなのか？」

確かにポーシャは、専用の厩舎がある大邸宅に住んでいた。にもかかわらず、甘やかされて育ったわけではなく、浮ついたところはなかった。それはおもに母親の影響ではないかとレックスは考えていた。父親は贅沢三昧《ぜいたくざんまい》の暮らしをしていた。頻繁に夕食会を開いたり旅行をしたり。とりわけ金をかけたのは競馬だった。彼の破滅の原因はギャンブルだったのか？　あるいは投資の失敗とか？

ポーシャは肩をすくめた。「父がレインを追いかけたのは、彼女のお金が目当てだったんじゃないかしら。父は娘の私をも金づるとしか見ていなかった。資産家と結婚させようと躍起になっていた」

レックスは歯を食いしばった。何も知らなかったことが悔しくてならず、罪悪感がこみ上げた。彼はポーシャに土壇場で捨てられたのだと信じ、立ち去ったのだ。「そのあと、どうしたんだ？　メールは届いたが」

「私が送ったんじゃない。携帯電話は取り上げられていたから。その夜から明くる日まで、私はずっと地下牢に閉じこめられていた。そして、あなたが荷物をまとめて出ていったって聞かされたの」

レックスは、彼女が囚《とら》われ人《びと》だったという事実に、今なお動揺していた。そんなことがあってはならない。断じて！

何年も前のことだと自分に言い聞かせても、怒りはおさまらなかった。どうしてポーシャは平然としていられるのだろう。

「あのメールの文章には説得力があった。実にきみらしかった。絶望的な出来事に自分を結びつけるなというくだりや、余興はもう充分長く続いたというくだりまでは」ポーシャを見るよりも、窓の外の無情な雨を見つめるほうが楽だった。「そして、あなたは一夏のロマンスにはいいけれど、長期的な関係を結ぶには向いていないと書いていた」

レックスは一言一句、覚えていた。ポーシャがあの歯切れのいいアクセントでその言葉を口にする光景さえ想像できた。

今、彼の苦悩に満ちた心は時をさかのぼり、ポーシャの澄んだ声が情熱のせいでかすれるのを聞いていた。欲望が湧き起こり、うなじがちくちくする。いくつかは変わったが、すべてが変わったわけではない。ポーシャにはまだ、彼を根源的に引きつける何かがあった。

「私が書いたんじゃない！　父がレインの助けを借りて書いたの。彼女は人を貶《おとし》める才があるのよ」

「すまない、ポーシャ。きみをひどい目に遭わせて。もし知っていたら――」

「いいえ、あなたは知るべきではなかった。今さら仮定の話をしても、なんの意味もない」

彼女の言うとおりだ。すべてが変わり、二人も変わった。希望も計画も、人格さえも。レックスはもうソウルメイトや永遠の愛を信じる若者ではなかった。そして、彼はポーシャの目に暗い影を見て悟った。彼女もまたロマンスの力を信じる無邪気な少女ではなくなったのだと。

「結局、お父さんの計画は失敗したようだな」大切な絵画を売りに出すくらいだから、うまくいっているはずがない。

ポーシャが父親の選んだ男と結婚したのかどうか、なぜ率直に尋ねないんだ？　心の声が揶揄《やゆ》した。なぜなら、彼女がほかの誰かのものになったという話など聞きたくないからだ。

レックスは、ポーシャが旧姓を名乗り、指輪をはめていないところから、まだ独身に違いないと自分に言い聞かせていた。それに、もし父親の望んだ男と結婚していたら、働いているはずがない。もっと華やかな生活を送っているだろう。

「私が父を喜ばせるためにおとなしく結婚すると思う？」ポーシャはかつての彼女らしく、ぐいと顎を上げた。「あなたは私のことをもっとよく知っていると思っていたのに」

「すまない。僕の言い方がまずかった」

「いいのよ、別に」ポーシャは冷ややかな口調で応じた。「ただ、もう何も話したくない。あなたは知るべきことを知った。これで充分でしょう」

彼女は立ち上がり、レックスの前に立った。「私は機会があれば、けっしてあなたを裏切ったわけじゃないことを知らせておくべきだと思ったから、今ここにいるの。過去はやり直せないけれど、あなたは真実を知るべきだったし、私は汚名をすすぎたかった。あなたはさぞかし、私を憎んだでしょうね」

レックスは自分が誤解していたことを認め、それを受け入れようと格闘していた。そして、しばしの間をおいて、ようやく口を開いた。「話してくれてありがとう。真実を知ることができ、よかったよ」

彼はポーシャの父親と対決したかった。もう十年以上前のことだが、あの男を罰したかった。

「なぜすぐに連絡をくれなかったんだ？　もし知っていたら――」

「父に携帯電話を取り上げられたと言ったでしょう。忘れたの？」ポーシャの声は険を帯びていた。「そして、ようやく電話ができる場所にたどり着いたとき、あなたは電話に出なかった——何度かけても」

レックスは知らない番号の電話は無視していた。そのあと、すぐにイギリスを離れ、これまでの生活を切り捨てるつもりでいたのだ。「ギリシアに行くときにイギリスのＳＩＭカードは捨てたんだ」

だから、ポーシャがレックスに連絡を取る手段はなかった。レックスは残酷な運命に腹が立った。

「そう。これですっきりしたわ。じゃあ、行くわ」

踵《きびす》を返した彼女の前に、レックスは立ちはだかった。「外は土砂降りだ。しばらくここにいて、僕とワインを飲まないか？　それから食事を終えたあと、きみの家まで送る」

二人の視線がぶつかるやいなや、レックスの皮膚の下で熱が渦を巻いた。

それは、この三週間、彼の集中力を削《そ》ぎ、眠りを妨げていたのと同じ熱だった。さらに言うなら、十代の頃、夢と希望の中心にいた美しい女性に欲情したときの熱と同じだった。

二人の未来は死んでしまったかもしれないが、肉体的な引かれ合い、焼けつくような魅力はかつてないほど強かった。ポーシャの近くに立っているだけで鼓動は高鳴り、ホルモンが脳を席巻《せっけん》した。

「ありがとう、レックス」彼女は物憂げな笑顔で応じた。「でも、遠慮したほうがよさそうね」

「なぜだ？　やっぱり僕を憎んでいるのか？」

ポーシャはぽかんと口を開けた。「あなたを憎んだことなど一度もないわ」

なぜ彼女の言葉がこんなにも心に響くのか、レックスにはわからなかった。彼は胸の中で何かがひっくり返るのを感じた。ポーシャは彼を責めないかもしれないが、レックスは自分を責めた。失恋を彼女の傲慢さのせいにしていた自分を。彼女が父親から恐ろしい目に遭わされていたことをまったく知らなかった自分を。

「本当にすまなかった、ポーシャ。イギリスにとどまり、きみに会ってきちんと話をするべきだった。あんなメールをきみが送るはずはないと心の底ではわかっていたのに……」

レックスは彼女を愛していた。彼女を信じるべきだったのだ。罪悪感は鋭い刃となって彼の肋骨《ろっこつ》を切り裂いた。

今さらながら、レックスは理解した。自分の虚勢の下には、長年にわたって村人の多くから浴びせられてきた軽蔑の念や疑念がもたらした自己不信があったのだ、と。あの毒に満ちたメールを読んだとき、ポーシャの自分への愛が偽りだったことが証明された気がした。

「もう終わりよ、レックス」ポーシャは無造作に告げた。「すべては過去のこと」

そう言い続ける彼女が嫌いだった。確かに二人はもう愛し合ってはいない。とはいえ、レックスが抱いている罪悪感とは別に、二人の間にはまだ何かがあった。だからこそ、冬の真っただ中にあるイギリスに、仕事そっちのけでやってきたのだ。

「本当に過去のことなのか？」

ポーシャは目を細くした。「どういう意味？　私たちはもう赤の他人も同然なのよ」

「そうだな」レックスはうなずいた。「僕たちにはそれぞれの人生、それぞれの未来がある。たとえ今さらわかり合えても、ロマンティックなハッピーエンドは存在しない」彼はそこで言葉を切り、彼女が言い返さないのを確かめてから続けた。「だが、僕が感じているものを、きみも感じている。そうだろう？」

ポーシャはすぐには答えず、顔をしかめた。「何を感じているというの？」

彼女の顔にはなんの表情も表れていなかったが、レックスは彼女の声のわずかな震えと呼吸の乱れを見逃さなかった。「このつながりだ」彼は手を上げ、指先を彼女の頬骨に触れさせ、口角まで滑らせた。彼女の唇がかすかに開き、彼の欲望に火をつける。

　ポーシャが目を見開いた。そのベルベットのような瞳に、暗い渇望が渦巻く。

「これが揺るぎのない現実だと思わないか、ポーシャ？　これほどの歳月が流れてもなお消えずに残っているんだ」

　彼女に認めてほしかった。この渇望が自分だけのものではないという確証を必要としていた。

　ふいにポーシャの手が伸びてきて、彼の手首をつかんだ。そのとたん、脈拍が跳ね上がり、レックスは身構えた。彼女があえて接触を試み、二人の間にある強力な引力の存在を否定しようとしているのではないかと察したからだ。

　ところが、ポーシャは彼の手をぎゅっと握って口元に引き寄せ、その真ん中にキスをした。

　稲妻がレックスの体を突き抜け、筋肉や腱《けん》を白熱した金属に変え、血を沸き立たせた。彼は本能的に彼女の腰に腕をまわし、ぐいと引き寄せた。彼女の胸から腿まで、ぴたりと体が触れ合う。何年も彼女を抱いていないのに、体は彼女の感触を覚えていた。

　ポーシャは空いている手で彼の首の後ろに手をまわした。もう一方の手は依然として彼の手を握ったままで、彼女は再び自分の唇に引き寄せた。しかし、手のひらにキスをする代わりに、親指の付け根の肉を噛《か》んだ。そして、漆黒の瞳で上目遣いに彼を見つめた。

「セックスのことを言っているのなら、答えは〝イエス〟よ。ええ、私たちは引かれ合っている、今もまだ」

4

もちろん、彼はセックスの話をしている！

愛はとっくに消えている。レックスは誤解が生じないよう気をつけながら、ついさっきそう口にした。もし本当に私を愛していたなら、あのとき父の嘘《うそ》を簡単に信じたりせず、何年も前になんとしても私に連絡を取ろうと努力していたはずだ。

ポーシャは思考回路を断ち切った。後悔や〝もしも〟は、彼女には許されない贅沢《ぜいたく》だった。けれど、今ここには、彼女が負ってきた痛みに対するささやかな慰めがあった。

互いの渇望を満たすことは、一時的にせよ、過去を浄化するには充分だった。

ポーシャは全身全霊でレックスを求めていた。数週間前に彼から離れても、何一つ解決せず、欲望はくすぶり続けた。彼女は燃えるような歓喜、レックスと分かち合う白熱した喜びを必要としていた。

レックスのきらきら輝く目を見るなり、胸がときめくのを抑えられなかった。彼の張りつめた欲望のあかしが腹部に押し当てられるのを感じ、長い間消えていた渇望が満たされる予感に、ポーシャは身を震わせた。

彼は欲望を隠そうともしなかった。その正直さはいつも彼女を興奮させた。その優しさと気遣いにもかかわらず、レックスにはいつも何か野性的で本質的な何かがあり、それはポーシャの野性的な面、家族のルールや期待から離れて奔放に振る舞いたいという衝動を刺激した。

「何が望みなの、レックス？」

彼が浮かべたほほ笑みに、ポーシャは筋肉や腱《けん》だけでなく、内面がとろけるのを感じた。

「きみが欲しいんだ、ポーシャ。だからギリシアから戻ってきたんだ。きみにまた会うためだけに」

　率直な告白に、ポーシャは息をのんだ。にわかには信じがたいが、うれしかった。それでも、ほんの少し平静を装う必要があった。なぜなら、体がなんの考えも警戒心もなく、彼と一つになりたいと叫んでいたからだ。

「ソファでのお手軽なセックス？」

「僕は広いベッドでじっくりと楽しみたいと考えていたんだが、ソファがお望みなら、まずはそこから始めよう」

　彼の狼《おおかみ》のような笑みに、ポーシャの体はかっと熱くなり、脚の付け根が湿り気を帯びた。

「明日、帰国するの？」

　レックスは顔をしかめた。「あさってだ。だが、僕は……」

「よかった。私は恋愛を求めてはいないから」

　ロマンスなど考えられなかった。恋愛は苦痛につながるからだ。この十年間、感情的な執着を避け続けてきた。そのうえ、キャリアに関する目標を達成するチャンスを得たばかりだった。今さら脇道にそれることはできない。たとえ、相手が彼女を女として目覚めさせた初めての男性であっても。

　レックスはゆっくりとうなずいた。「僕も同じだ。今はほかに優先すべきことがあるんだ」

　それがなんなのか、ポーシャは考えを巡らせた。家族？　仕事？　かつては、将来の夢や希望を分かち合い、それが実現すると信じていたのに……。

「ポーシャ？」

　問いかけるような彼のまなざしに、何か聞き逃したのではないかとポーシャは思った。明らかに彼は待っていた。

「つまり、きみは……一人でも幸せなのか？」

「もちろん。私には私なりの優先順位があり、そこにパートナーは含まれない」

一瞬、レックスがさらに探りを入れてくるかと思った。けれど、その一瞬のしかめっ面は、ポーシャの気のせいかもしれなかった。なぜなら、彼はすぐにまた笑顔になって、彼女の下腹部をうずかせたからだ。膝がどうしようもなく、その場にくずおれそうになったが、彼がとっさに抱き寄せてくれたので、事なきを得た。

ポーシャの胸のふくらみに彼の固い胸が強く押しつけられる。たちまち胸の頂が硬くなり、口からは熱い吐息がもれた。

「これでわかり合えた。そうだろう？」

「ええ」彼の声ににじむ渇望に、ポーシャはうっとりした。「しがらみも期待もなく、あるのは……」

「快楽だけ」レックスがあとを引き取った。

彼の手に胸のふくらみを包まれ、ポーシャは安堵《あんど》のため息をついた。それがどんなに気持ちよかったか、今の今まで忘れていた。彼の親指と人差し指が胸の頂をつまむと、快感の矢が全身を貫いた。

それはまるで約束のようで、懸命に働き、ちまちまと生活費を倹約するというポーシャの世界は、一瞬のうちに輝かしい黄金の世界へと変わった。

「あのめくるめく世界に連れていって、レックス。私を感じさせて……」

レックスは頭を下げ、彼女の唇にキスをした。シルクが肌をかすめるようなキスだったが、その触れ方と彼の存在感に圧倒された。

その軽やかなキスでさえ、かつて彼がどれほど感じさせてくれたかを思い出させ、ポーシャは一瞬怯《おび》えた。十年以上たってもなお、彼が彼女の基盤を揺るがす力を持っていることがわかったからだ。

けれど、欲望はあまりに強烈で、引き返そうとは思わなかった。ポーシャは身を引くどころか、進んで炎の中に身を投じた。多くのものを失った彼女は、一夜限りとはいえ、この貴重な喜びをつかむ機会まで失いたくなかった。

ポーシャは彼の肩をつかんで爪先立ちになり、キスをせがんだ。そして唇が重なった瞬間、彼女の世界は燃え上がり、まともに立っていられず、彼に体をあずけた。

口が溶け合い、舌が絡み合う。遠い記憶の彼方《かなた》にある味と感覚がよみがえり、その懐かしさにポーシャは身を震わせた。

「ポーシャ……」その声はベルベットのようで、彼女の唇を経て飢えた体の隅々まで染み通った。

ポーシャは震えながら彼の首に腕をまわし、まるで自分にとってレックスが世界で唯一の確固たるものであるかのように彼にしがみついた。

「きみが欲しい。今すぐに」

レックスが唇を離したので、ポーシャは目を開けた。その瞬間、彼の嵐のようなまなざしに出合った。彼女はそこに欲望の炎を認め、再び身を震わせた。

頭がぼうっとして、彼が許可を求めていることにポーシャが気づくまで、三秒ほどかかった。「ええ、今よ」

成熟が彼女を変えたに違いない。十代の頃の彼女も彼を熱望していたが、これほど切迫した気持ちになったことはなかった。

レックスが彼女を抱き上げ、部屋を横切り始めると、これ幸いとばかりにポーシャはしっかりと彼にしがみついた。自分の足が動くかどうか心もとなかったからだ。

すばらしい美術品が飾られた廊下を通り過ぎたが、ポーシャの注意はレックスに集中していたため、ろくに目に入らなかった。角ばった顎、日焼けした喉、キスのせいで少し赤らんだ唇、宝石をちりばめたような輝きを放つ目。どれも魅力的で、人目を引かずにはおかない。

やがて二人は青と金色の窓枠が印象的な寝室に着いた。大きなベッドの両側にスタンドがあり、魅惑的な明かりを投げかけている。青は彼の目の色、金色は幸福を招く色、そして大きなベッドは……。

床に下ろされると、ポーシャは空想にふけるのをやめた。

ストッキングを履いた足が分厚いカーペットを踏んだとき、彼女は初めて、靴を履いていないことに気づいた。どこかで落としたらしい。

ポーシャはそれ以上に、彼の視線が気になった。まるで……そう、大切な人を見るような目だわ。とたんに喉がつまって息苦しくなり、その考えを急いで振り払った。

深読みしてはだめよ。これはただのセックスにすぎないのだから。純粋に肉体的なものだ。

「避妊具を持っていると言って。残念ながら私は持っていないの」

ポーシャは張りつめた空気を和らげようと思って言ったのだが、見事にしくじった。というのも、レックスはただうなずいただけだったからだ。その目は約束に満ち、期待をさらにあおった。

彼が近くの引き出しから箱を取り出し、ベッドサイドのテーブルに置くのを見て、ポーシャは目を見開いた。レックスはまとめ買いがお得だと信じているのかしら？　それとも……。

「脱いでくれ、ポーシャ」

彼女は失望した。「脱がせてくれないの？」

レックスは鼻孔を大きく広げ、深々と息を吸いこんだ。「自信がないんだ。脱がせ終える前に……」

彼はジャケットを脱ぎ、近くの椅子に放り投げた。

彼がそこまでせっぱつまっていると知って、ポーシャはますます燃え上がり、急いでジャケットを脱いだ。そして、椅子の背もたれに丁寧にかけた。数時間後にここを出るときに、くしゃくしゃになったものを身につけなくてすむように。

　ポーシャが震える手で苦労してスカートを脱ぎ、椅子にかける頃には、レックスは上半身裸だった。

　彼女は思わず感嘆の声をあげた。レックスは昔より格段に体格がよくなり、男らしさが増していた。彼の引き締まった筋肉質の体を見ているうちに、口の中がからからに乾き、思わず手を伸ばしていた。

　濃いブロンズ色の肌は熱を帯び、大胸筋を覆う黒い体毛が手のひらをちくちくと刺す。褐色の乳首は硬く、ポーシャは思わず自分の胸を意識した。

　彼が欲しくてたまらない。彼女は身を乗り出し、彼の鎖骨の中央のくぼみに唇を押しつけ、胸骨に沿ってキスでたどり始めた。彼の胸が大きく上下する。ポーシャはその反応に満足し、高揚感がこみ上げた。

　さらにレックスの肌を撫《な》でながら、キスを落とし続ける。やがてたくましい胸に達し、乳首を舐《な》めると、彼はびくっと体を震わせた。

「もう充分だ！」

　レックスは彼女の肩をつかんで引き離した。「さあ、きみの生まれたままの姿を見せてくれ」

　彼の深みのある声はポーシャの子宮までじかに届くようだった。「あなたが先よ」

　ポーシャが彼のズボンのファスナーに手を伸ばす前に、レックスは自らファスナーを下ろし、またたく間に全裸になった。ポーシャは今まで見たこともない見事な体型に、思わず目を見張った。上体は逆三角形で引き締まった腰へと続いている。腹部には無駄な肉はいっさいなく、盲腸の手術跡だけがその完璧さをわずかに損なっていた。

　欲望のあかしは張りつめ、重力に逆らって雄々しく突き出ている。脚は信じられないほど長く、黒い体毛が腿を覆っていて、素足さえセクシーだった。

「さあ、きみの番だ」

　少しもためらうことなく、ポーシャはパンストのウエストに親指をかけて引き下ろし、脚から抜いた。レックスは片時も目をそらさずにその動きを追い、彼女が背筋を伸ばすと、彼の視線は白いブラウスの裾のラインに釘《くぎ》づけになった。

　もしポーシャの口の中に水分が残っていれば、慎み深さなどという概念を笑い飛ばしていただろう。彼女は久しぶりに大胆かつ自由になったと感じた。性的な興奮が、生活費を稼ぐというありふれた心配事を遮断してくれたのだ。

　ポーシャは、彼が息をのむ様子や、彼女に触れたくて手をむずむずさせているのを見るのが好きだった。彼の張りつめた欲望のあかしは、まるで彼女を熱望しているかのように上下に揺れていた。

　ポーシャは思わず手を伸ばしたものの、触れる前にレックスはベッドに座り、一度も彼女から目を離すことなく避妊具の箱から一つ取り出し、装着した。

　突然、待ちきれなくなり、ポーシャはブラウスのボタンに手をかけた。手が震え、いつもより少し手こずった。そして振り返るやいなや、心臓が跳ねた。レックスがベッドの端に座って膝を開き、彼女に熱い視線を注いでいたからだ。

　レックスが手招きをして言った。「あとは僕に任せろ、黄金の少女《ゴールデン・ガール》」

　ゴールデン・ガール。

　その昔、厩舎《きゅうしゃ》や古びたサマーハウスで密会を重ねていたとき、彼はそう呼んだ。初めて愛し合ったときは驚きで胸がいっぱいになった。そして最後に愛し合ったとき、駆け落ちして二人は永遠に結ばれると知って、興奮に包まれていた。

　私たちはソウルメイト。ポーシャはそう信じていた。母親を除けば、レックスはありのままの自分を受け入れてくれた唯一の人だった。活発で、馬好きで、ロマンティックな少女を。そしてポーシャはレックスの寡黙さの向こう側にいる少年を見た。賢明で野心的だけれど、寛大で思いやりのある少年を。

「ポーシャ？」

彼女が彼の腿の間に立つと、レックスはほほ笑み、ブラジャーを外して床に落とした。彼の目には感嘆と畏敬の念が浮かんでいる。

ポーシャは胸を突き出した。彼の手の中にすっぽりおさまるように。そして力強い肩をつかんでささやいた。「あなたが欲しいの、レックス」

「もうすぐだ」レックスは胸のふくらみに向かってつぶやきながら、脚の付け根に手を伸ばし、湿り気を帯びた襞《ひだ》をまさぐった。

「だめ！　今すぐよ」ポーシャの叫びに彼の目が見開かれ、二人の視線が絡み合う。

この瞬間、レックスは彼女との間に性的なつながり以上の何かを感じたが、すぐに打ち消した。そんなことはありえない。僕たちはもうお互いを知らないのだから。ただ過去を共有する男と女にすぎない。

「かわいそうなポーシャ」レックスはささやきがら、両手を彼女の脇腹に添えて親指で胸の下を撫で、彼女の息を奪った。それから腰をつかみ、腿の上に引き上げた。

彼が目の前で揺れる胸のふくらみの片方に唇を押しつけると、ポーシャの理性は吹き飛んだ。

夏の嵐を呼ぶ黒雲のような色の瞳で彼女を見上げながら、レックスは口をもう一方の胸に移し、その頂を口に含んだ。そして落ち着かなげに腰を揺らす彼女に言った。「さあ、僕をきみの中に入れるんだ、ポーシャ。きみのすべてを受け止めたい」

体の奥からこみ上げる欲求にポーシャは唇を噛《か》みしめ、ゆっくりと欲望のあかしの上に我が身を沈めていった。そこにはもう一体感しかなく、夢中になって腰を上下させた。

あまりの快感にポーシャは目を閉じ、さらに大きく体を揺らした。二人は溶け合い、快感の炎がどんどん大きくなっていく。

　レックスは両手で彼女の腰をつかみ、彼女の動きを加速させた。悦楽と忘却の彼方へ向かって。

　二人は揺さぶり揺さぶられ、体が過去の愛の軌跡をすべて記憶しているかのように、絶対的な確信をもって快楽を引き出し合った。

　レックスはさらに強く、さらに激しく突き上げ、彼女の耳たぶを甘噛みしながら、彼女としたいほかのことをささやいた。

　次の瞬間、背骨の付け根に強烈なうずきが生じ、ポーシャは痙攣《けいれん》が始まるのを感じた。

　そして、突然のクライマックス。

　ポーシャは自分の叫び声を聞き、レックスが彼の声とは思えない声で彼女の名前をささやくのを聞いた。続いて体の奥深くで欲望のあかしが脈動するのを感じ、再び歓喜の渦にのみこまれていった。

5

「はい、ポーシャ・オークハーストです」

　電話の向こうで短い沈黙があった。本能的に彼女は身構えた。息苦しくなるほどの長い間のあと、なめらかで深みのある声が聞こえてきた。

「ポーシャ、デスクに着いているきみをつかまえることができてうれしいよ」

　彼女は椅子の背にもたれ、脈の乱れを抑えようとしたが無駄だった。

　レックスと会ってから三週間がたとうとしていた。あの土曜の夜、彼女は後悔はないと自分に言い聞かせながら彼のスイートを出た。あのすばらしいセックスで、彼への思いは燃えつきたはずだった。

ところが、この三週間、彼女は電話が鳴るたび、彼からかもしれないと胸をときめかせた。革ジャンを着た長身の男性を見るたび、癖のある黒髪と四角い顎を見るたびに。心臓がどきどきした。

そんな彼からの電話。しかも仕事中に……。

「レックス、驚いたわ」電話を持つ手につい力がこもる。「オークションの件かしら？」

今度の彼の沈黙は、いらだちをかろうじて抑えているような印象を受けた。

「とぼけるのはやめてくれ、ポーシャ。僕の知性を侮辱するな」

彼女はため息をつき、耳たぶを引っ張った。見栄を張るのはここまでだ。彼は私のことを知りすぎている。そして、私も彼のことをよく知っている。たとえば、どんなセックスを好むかとか。

ポーシャは、体がむずむずするのを感じ、自分がいかに彼に免疫がないかを思い知らされた。開けっ放しのドアのほうを見たが、近くには誰もいなかった。「なぜ電話をしてきたの、レックス？」

「なぜだと思う？」

ポーシャは唇を噛《か》みしめながら、誘いの電話ではないと自分に言い聞かせた。

「仕事中よ。謎かけ遊びをしている暇はないの」

「週末は別だろう？」

沈黙の中、ポーシャは自分の鼓動を聞いた。

今日は木曜日。彼はこの週末を一緒に過ごそうと誘っているの？

「いいえ、予定があるの。食料品の買い出しとか、共同アパートメントのオーブンの掃除とか」退屈だけれど、賢明かつ安全だ。

「これからそっちに行くから、週末を一緒に過ごさないか？　ロンドン郊外に、きみの好きそうな場所がある」

ポーシャは胸に手を当て、早鐘を打つ心臓をしずめようと試みた。彼の提案はあまりに魅力的だった。

三週間前のあの夜は、私の記憶に死ぬまで刻まれ続けるだろう。この先、何があろうと、レックスが授けてくれた喜びに勝るものはないに違いない。

それは、あなたが彼以外の男性を自分の人生に招き入れたことがないからよ。そして、あなたの人生のその部分はもう終わったこと、過去のことなのよ。

ポーシャは顔をしかめた。そのとおり。だから私はこの誘いを断らなければならない。でも、と彼女は思った。私は彼との別れがもたらす痛みに、はたして耐えられるだろうか。

そんなことを考える弱気な自分に、ポーシャは嫌気が差した。

「無理よ。でも、ありがとう」

「僕と過ごしたくないのか？」レックスは挑むように言った。「あの夜、きみは楽しめなかったと？」

「もちろん、楽しかったわ。あなたの腕前は大したものよ」ポーシャはこの会話を早く打ち切りたいと思いながら答えた。長くなればなるほど、彼の誘惑に屈してしまう可能性が大きくなるからだ。実のところ、彼と週末を過ごしたくてたまらなかった。

だめよ、そんなのは間違いだ。あれは、長く私を悩ませてきた彼との関係にけりをつけるための一夜だったはず。私は彼ときれいに別れる必要がある。

「じゃあ……」

とはいえ、私は今、性的な関係を求めているわけではない。あの情事は、私たちが過去の亡霊に促されたすえの出来事にすぎない。

いいえ、あれは情事ではない。少なくとも私にとっては単なる情事を超えていた。

彼が続ける前に、彼女は急いで口を開いた。「あの夜を最後に、私はあなたに対するすべての感情を手放した。肉体的な魅力の名残もね。もう終わったのよ、レックス。そして、私は戻りたくない」

「戻ろうなんて言っていない。週末を一緒に過ごそうと提案しただけだ。きみは存分に楽しめる。保証するよ」

それが問題だった。存分に楽しんだあとは？　私はまた彼を恋しがるに違いない。

「申し出には感謝するけれど、週末のお相手はほかをあたってちょうだい」

ポーシャは電話を切り、パソコンの画面に目を凝らした。けれど、彼女の頭を占めていたのは、裸で寝そべっているレックスの姿だった。

彼女はよろよろと立ち上がった。レックスが目を覚ましてすべてを忘れてくれるよう祈りながら。

気を許したら最後、私が愛した唯一の男性に再び心を奪われてしまう。

誘いを断られたものの、レックスはオークションハウスに赴き、次のオークションの出品物を品定めしていた。

彼はロンドン旅行を切り上げるつもりでいた。もともと思いつきで決めたことだ。確かに会議にも出て有意義な時間を過ごしたが、この旅のきっかけはポーシャだった。そして、彼女にきっぱりと拒絶されたにもかかわらず、未練を断ち切れずにいた。

六週間前、ホテルのスイートルームで目を覚ましたレックスは、彼女とベッドでのんびり過ごす週末を楽しみにしていた。だが、再び彼女に捨てられたのだ。昔のように。

もっとも、最初のとき、ポーシャは僕を捨てたわけではなかった。何もかも彼女の父親のせいだった。その事実が明らかになり、僕は今、困惑しているのだろう。

なぜ僕は立ち去ることができないのだろう、ポーシャのように？

その答えをレックスは知っていた。何かが二人の間に残っているからだ。

いや、そんなことはない。二人の間にはもはやなんのつながりもない。かつて二人が共有していた感情的な絆《きずな》はすべて断ち切られた。残っているのは性的な引かれ合いだけだ。再びベッドを共にしたあと、欲望はおさまるどころか、より強くなっていた。

それこそがロンドンに来た理由だった。彼は衝動に流されやすいタイプではないが、ポーシャは例外だった。彼女が初恋の相手だったからに違いない。あるいは、二人の関係が突然断ち切られたことが尾を引いているのかもしれない。

そして、ポーシャが立派な大人の女性に成長していたという事実。彼女には、厳格なビジネススーツでさえも消し去ることのできない魅力があった。

レックスは目の前の小さな白い置物を見つめた。先史時代のキクラデス彫刻の作品だ。女性像は様式化され、胸と腰は丸みを帯び、腕組みをしている。なのに、その姿には力強く謎めいた魅力があり、引きつけられた。

彼の口から思わず笑い声がもれた。

力強く謎めいた——その形容句こそがポーシャの魅力を表現する言葉だった。相変わらずスリムだが十代の頃より丸みを帯びた女性らしい体、内に秘めた情熱、少しも隠そうとしない彼への渇望……。しかし、ポーシャには別の何かが、彼の心をとらえて放さない何かがあった。

それがなんなのか、レックスは知らなかったし、知りたくもなかった。ただ、自分の人生を前進させるために、知っておく必要があったのだ。

だが、ポーシャは拒み、立ち去った。

彼の唇に笑みが浮かんだ。不本意ながらも感謝の意を表すような笑みが。最近、レックスに〝ノー〟と言う人はめったにいない。彼は当初、父親の後押しを受けながら現在の地位を手に入れるために努力したが、結局のところ、彼の成功は勤勉さと戦略的思考、そしてたぐいまれな交渉術によるものだった。

しかし、明らかに交渉術は錆《さ》びついていた。ポーシャに拒絶されたのがその証拠だ。

レックスは三週間、誘惑に耐えたが、ついに屈してロンドン行きのフライトを予約したのだった。彼女への欲望を葬り去り、次に進むために。

「ミスター・トマラス、お気に召したものがありましたか？」

ハスキーな声がレックスの胸を締めつけた。振り返ると、なじみ深いベルベットのような瞳に出くわした。そこには、紛れもなくあの情熱が宿っていて、ポーシャがもう彼を求めていないなどとはとうてい信じられなかった。

「ミズ・オークハースト、そういうことなのか？　ファーストネームでは呼ばないと？」

ポーシャは肩をすくめた。「ここは職場です」

彼女はもう二度と僕に会いたくないと言いに来たのだろうか、面と向かって？

「ああ、なるほど」彼女の言い分が理にかなっているかのようにレックスはうなずいた。今、彼にとって理にかなっていると言えるのは、彼女を引き寄せて、二人とも相手の姓など思い出せなくなるまでキスをすることだけだった。「きみの質問に答えるなら、そう、欲しいものを見つけた」

ポーシャは目を見開いた。その瞳には欲望の色がくすぶっていた。職場にはふさわしくない。彼女は認めないだろうが、彼への反応を隠せはしなかった。

彼女は鼻孔をふくらませながら、レックスが見ていた置物をのぞきこんだ。「あなたはキクラデス彫刻のコレクターなの？」顔をしかめて続ける。「あなたがここで買った油絵とは合わないわ。スタイルがまったく違います」

今度はレックスが肩をすくめる番だった。ポーシャは本当に僕の芸術趣味に興味があるのか？　それとも、沈黙を埋めるための言葉を探していたのか？

「あの絵を買ったのは衝動的な決断だった」レックスはすぐにその決断を後悔した。あの絵が、彼を若く傷つきやすかった頃に引き戻したからだ。

とはいえ、後悔はほんのいっときだった。なぜなら、その絵の購入がポーシャと再会するきっかけになったからだ。

「この置物なら、僕の家にも置ける」性的な意味で自分に響く置物というより、家具の一種として話したほうが気が楽だった。先ほどこの置物が引き起こした感情的な反応は認める気になれなかった。「もしこれを購入したら、アテネの美術館にしばらく貸し出してもいい」

ポーシャが振り返って彼を見た。首をかしげて尋ねる。「あなたはコレクターであると同時に慈善家でもあるの？」

レックスはまた肩をすくめた。「重要な美術品を所有する金持ちは、その美術品のよさを多くの人たちと分かち合うべきだと思う」

「私の父とは大違いね」

「彼は独占欲が強い」

レックスの知る限り、ポーシャの父親は妻が亡くなると、慈善活動に関心を示さなくなった。また、村の祭りのために自宅を開放するのを拒んだ。彼は何世紀にも及ぶ伝統を破り、自分の財産を自分だけのために使おうとしたのだ。

「正確には〝独占欲が強かった〟と言うべきね。彼はもう死んだわ」彼女は淡々と言った。

レックスはショックを受け、ポーシャのほうに顔を向けた。彼女の父親は老人には違いないが、そこまで高齢ではなかったはずだ。

ポーシャは彼の目を見ようとせず、無表情で強化ガラスの向こうの彫刻を見つめていた。

「すまない」レックスは彼を憎んでいたが、ポーシャにとっては最後の家族だった。「だから、あの絵をオークションにかけたのか、遺産の売却の一環として？」

　ポーシャは展示物から目をそらし、首を横に振った。「いいえ、遺産のほとんどは父のいとこの手に渡ったわ。あの絵だけは私が相続し、オークションに出したの」

　相続したのが絵だけとは、どういうことだ？　レックスは彼女の顔を注意深く観察した。筋が通らない。それに、なぜ絵を売ったんだ？

　あの絵が彼女にとってどれほど大切なものか、レックスは知っていた。彼女はかつてあの絵について、グローリー・ホールの完璧な眺めだと言っていた。火事になったら真っ先に救い出す、とも。

　金に困っているのだろうか？

レックスは顔をしかめた。彼は、ポーシャは母親の遺産を相続して裕福に暮らしていると思いこんでいた。それに、父親も死んだのなら、絵画以上の何かを相続しているはずだ。彼はポーシャについて知らないことがたくさんあることに気づいた。

「じゃあ、私はあなたの芸術鑑賞の邪魔にならないよう、おいとまするわ」ポーシャはそう言って彼に背を向けた。

「帰るのか、わざわざ僕のところに来たのに？」

　レックスは時計に目をやり、ギャラリーの閉館時間を過ぎていることに気づいた。だが、彼に退出を促す者はいない。億万長者の特権の一つだ。

「もう遅いわ、レックス」彼女の口調と表情が、その言葉に重みを持たせていた。「もう会うことはないでしょう。お別れを言いたかったの」

　突然の喪失感に、レックスの胃がよじれ、気づいたときには叫んでいた。「待ってくれ！」

　彼はとっさにポーシャの手をつかんだ。その瞬間、全身に電気が走ったような衝撃を受けた。そして、彼女が同じように目を見開くのを見た。

レックスは彼女の手を放し、落ち着こうと深呼吸をした。「ポーシャ、まだそこにある」

彼女はゆっくりと首を左右に振った。

「いいや、きみも感じているはずだ。ごまかすな」

ポーシャはぐいと顎を上げ、目をきらめかせた。

「いいえ、何もごまかしていない。私はただ分別を持っているだけ」

彼女が声を落としたことで、レックスは完全に二人きりでないことを思い出した。彼女の同僚がいつ現れるかもしれないのだ。

ポーシャは濃いフォレストグリーンのパンツにかっちりとしたジャケットを身につけていた。髪もきれいにまとめていて、確かに分別があるように見える。喉元の赤みと目に宿る光を除けば。

「きみは僕たちに未来がないと信じているから、分別を持っていられるんだ」

ポーシャは首をかしげた。「私たちは、まったく別の人生を歩むことに同意したはずだけれど？」

「それでもまだ、僕たちの間にはこれがある」

レックスがポーシャの手の甲を指で撫《な》でると、彼女はたじろぎ、唇を噛《か》んだ。彼女が何を感じているのか、レックスは知っていた。彼もそれを感じていたからだ。

「あったとしても、なんの意味もないわ」

「しらばっくれるのはやめてくれ、ポーシャ。もちろん意味はある。よし悪《あ》しはともかく、僕たちにはやり残したことがあるということだ」

ポーシャは首を横に振った。「いいえ。そんなものは無視していれば、いずれ消える」

レックスはズボンのポケットに手を突っこんだ。彼女の視線がその動きを追いかけ、下腹部を経てゆっくり彼の顔に戻る。それを見ただけで、下腹部が張りつめた。

「どうした、ポーシャ？ きみはますますいらついているように見える。少なくともよくなってはいない」レックスはささやきかけるように言い、彼女に近づいた。ポーシャ自身の匂いとブルーベルの香りが鼻をくすぐる。「きみの唇は開かれ、頬は赤らんでいる。そして体は僕にもたれかかっているのを、きみは知っているか？」

すると、彼女は背筋を伸ばし、唇を引き結んだ。

「震えているね、ポーシャ」レックスは彼女の手首を軽く握った。「肌がひりひりするだろう？ 息が荒くなっている。僕にさわってほしいんじゃないか、手だけでなく、体のあちこちを？」

「やめて！」かすれた声で抗議しながらも、ポーシャは手首を引き抜こうとはしなかった。

その生々しい声を聞き、大きく見開かれた目を見て、レックスは自分が野蛮人になった気がした。彼はポーシャの手を放し、一歩後ろに下がった。そして彼女に半ば背を向けたとき、廊下の先で誰かがオフィスの明かりを消すのを見た。

ポーシャの言うとおり、ここはそういう場所ではなかった。そこで、彼女を静かな場所に連れていって話をしようとしたところで、レックスはふと思い出した。先だって彼女に飲み物をおごったとき、彼女は出ていってしまった。二度目は彼のベッドで一夜を過ごしたが、翌朝、やはり出ていった。

息がつまり、胸が苦しくなった。

おそらく正しいのは彼女のほうだろう。唯一の賢明な行動は別れることなのかもしれない。

だが、すべての本能がその考えに対して激しく異を唱えていた。彼女への渇望を癒やし、何度も何度も彼女を抱いて渇望を癒やしたい、と。

だが、それはポーシャの選択次第だった。彼女には〝ノー〟という権利がある。

突然、彼の絶大な確信は薄れた。

レックスは、相手の意思に反して女性を追いかける男になるのを拒否した。

「きみの言うとおりだ。ここはきみの職場だ。来るべきではなかった」

レックスは最後にもう一度、彼女の美しい瞳を見つめてから、ドアへと視線を移した。

遠くの受付エリアには、スタッフが二人立っていたが、なるべくこちらを見ないよう気を配っていた。あまりにしらじらしく。彼はポーシャに不必要な注目を集めてしまったことを悔やんだ。彼女にはもっとふさわしい扱いを受ける資格がある。

「今後、もしオークションに参加するときは、オンラインでする」レックスは彼女のほうに体を半分向けたが、二人の視線が交わることはなかった。「ポーシャ、きみの幸せを祈っているよ。さようなら」

三歩ほど歩いたところで、何かがレックスの手に触れた。温かな指が彼の手を滑り、そして離れた。

彼が足を止めて振り向くと、平凡なビジネススーツとシンプルなイヤリングを身につけた、息が止まりそうなほどセクシーな彼女が立っていた。彼はその小さな金色の薔薇《ばら》のイヤリングに見覚えがあった。彼女が母親からもらった最後の贈り物だ。

それを見て、レックスは彼女を昔から知っているとはいえ、今は赤の他人であることを思い出した。彼女が何か言いかけると、彼はほほ笑んだ。彼女のさよならの言葉を受け入れるために。

「あなたの言うとおりね、レックス。このままではなんの解決にもならない」彼女は深呼吸をしてから言葉を継いだ。「荷造りする時間が必要だし、日曜日の夜にはロンドンに戻らないといけないの」

唐突な宣言に、レックスは面食らった。

「この週末は、あなたと一緒に過ごすわ」

6

まもなく冬も終わりだというのに、凍えるような寒さが訪れ、窓の向こうに見える田園地帯は純白の雪に覆われ、その上には真っ青な空が広がっていた。

ポーシャから昼食前の散歩を提案されると、レックスはすぐさま同意した。彼女が喜ぶのを見るのは、彼にとってこの上ない幸せだからだ。それに、この高級リゾートに二泊したのだから、一度くらいはスイートルームから出るべきだという思いもあった。だが、散歩の前に……。

うつ伏せで寝ているポーシャの髪は窓から差しこむ陽光に照らされて黒蜜のように輝き、背中の上部を覆っているが、背骨はあらわになっている。レックスはうなじと肩甲骨の間にキスをした。続いて唇にキスをすると、彼女は身を震わせ、ヒップを欲望のあかしに押しつけた。

レックスは今度は急がないと自分に言い聞かせながら、両手で彼女の腰をつかみ、椎骨の一つ一つにキスをした。ポーシャは彼の下で体をくねらせ、やがて喜悦のため息をもらして彼の名を呼んだ。

今日は日曜日で、このあとロンドンに戻らなければならない。欲望が灰になるまでポーシャを奪いつくすというレックスのもくろみは、成功したとは言いがたかった。

もっと時間が必要だった。もっともっと。

ポーシャが膝を立ててヒップを持ち上げるやいなや、レックスはそこに欲望のあかしを押し当て、同時に手を伸ばしてふくよかな胸のふくらみを包んだ。

「レックス……」

ポーシャの口からもれる彼の名前は官能的な響き

を帯び、彼の五感を強烈に刺激した。興奮が全身を駆け巡り、レックスはたちまち果てそうになった。

今の今までリードしていたのに、いつの間にか彼のほうが制御不能に陥りかけている。毎回、そうだった。途中で立場が逆転するのだ。

「ポーシャ……」レックスはたまらず、かすれた声で呼びかけた。「準備はいいか？」

彼女はくぐもった笑い声をあげた。「避妊具はつけたの？」

「僕はいつだって用意周到さ」避妊に関しては常に細心の注意を払っていた。

レックスは彼女の腰を持ち上げ、背後からいっきに貫いた。そして、ものの五分とたたずに限界が近づいているのを察した。

二人の結びつきがいかに完璧か、レックスは今さらながら驚きを禁じえなかった。いつもそうだった。そのたびに、世界が止まったように感じた。

レックスは腰を激しく突き動かした。ポーシャもそれに応え、二人のリズムはどんどん速くなった。どうしようもなく刺激的な摩擦に、二人の口からあえぎ声がもれ始めると、レックスは身を乗り出し、手を彼女の下腹部にまわし、最も敏感な突起をこすった。ポーシャのあえぎ声が大きくなり、ヒップが激しく揺れる。彼もこらえきれなくなり、二人は同時に絶頂に達し、異次元の快感の渦にのみこまれた。

純粋なエクスタシー。完璧な瞬間。レックスは目を閉じ、至福の境地をさまよった。

黄金の光がようやく消え、我に返ったとき、彼は一抹の不安が忍び寄るのを感じた。この週末は渇望を満たすどころか、ポーシャへの欲求はますます募ったとしか思えない。まるで自分の能力を過信したアスリートが達成不能な記録に挑んでいる気がした。

ダイヤモンドのように鋭い空気を肺に吸いこむと、

レックスは頭がすっきりするのを感じた。

「きみが正しかった。新鮮な空気に触れずに街に戻っていたら、後悔必至だった」

ポーシャは彼を横目でちらりと見た。「田舎が恋しい？」

「ギリシアにも田舎はあるよ」

「もちろんそうでしょうが、私はイギリスの田舎のことを言っているの」

その口調から、レックスは思い出した。彼女がいかにクロプリー・ホールを愛していたかを。

凍った地面を歩く二人の足音があたりに響く。

ポーシャと同じく、彼も田舎の子供だった。母親と一緒に大叔父の家に引っ越したとき、レックスはまだ乳飲み子だった。成長するにつれ、そこが大好きになった。冒険、動物や鳥たち、そして自由。

しかし、物心がついて、自分が非難や疑惑の矢面に立たされるようになると、状況は一変した。彼は小さなコミュニティで暮らすことに不満を抱き、ほかの場所で生きることに憧れるようになった。自分の価値を証明するチャンスを待ち望んでいた。もしポーシャがいなかったら、もっと早くに家を出ていただろう。

今、二人は小さな湖を見下ろすサマーハウスに立ち寄った。

二人はここからいくつかの郡を隔てた場所で育った。なだらかな丘陵、霜に覆われた森、そして水辺から見る村の景色は、美しさはもとより、親しみやすさも感じさせた。

だが、レックスはイギリスになんの魅力もないと思い、背を向けるのは造作もなかった。

「忙しすぎてホームシックになる暇もなかった。それに、今はギリシアが僕の故郷だ」彼は自分でも驚くほどギリシアの生活に適応していた。

彼の考えを読んだのか、ポーシャが言った。「あなたはギリシア語を話せなかった。なぜお父さんがそこにいるってわかったの？　お母さんから父親のことは何も聞いていないと言っていたのに」

レックスはポケットに手を突っこんだ。「ああ、母は話してくれなかった。僕は大人になるにつれて、父からひどい仕打ちを受けたせいで、母は父のことを話さなくなったのだろうと思うようになった。あるいは、父が誰なのか母自身も知らなかったのではないかと」

ポーシャはレックスに近づき、彼の腕に自分の腕を通した。極寒の大気の中で、二人の白い息がまざり合い、消えていく。

彼女と一緒にいてこうして話すのは、信じられないほど気持ちが楽だった。彼女に裏切られたと思っていた頃よりもずっと。しがらみも期待もない。

彼女とはセックスだけの間柄のはずなのに、それ以上の何かがある気がしてならなかった。二人が過去を共有しているからかもしれない。

父親以外には誰にも話していないことを自ら彼女に打ち明けていることに、レックスは遅まきながら気づいた。

「直感でギリシアに行ったんだ」

当初の計画は違った。ポーシャを連れていくことを考えると、イギリスにとどまり、二人で仕事を持てる場所を探すつもりだった。

「でも、なんらかの暗示があったはずよ」

レックスは肩をすくめた。「昔、食器棚の奥に、表面に文字が印刷された紙袋があるのを見つけた。代数を習い始めたばかりだったから、最初は数学の方程式だと思ったが、すぐにギリシア文字だと気づいた。そして、母親に見つかって袋を取り上げられて以後、二度とその袋を見ることはなかった。母のヒステリックな反応から、僕に見られたくないものであることは明らかだった。だから、僕はもっと知ろうとしたんだ」

　当時、レックスを知る者なら誰でも、彼はいつもトラブルを探している、とコメントしたに違いない。

　ポーシャはただうなずいた。

　彼女は、父親が誰かわからないことを、僕がどれほど気にしていたか知っていたのだろうか？　僕はけっして人に弱さを見せないと自負していたにもかかわらず。

「いくつかの文字は記憶していたから、僕は図書館で調べた。一つの単語を翻訳するのに充分なほど覚えていた。〝アテネ〟だ。もしかしたら、母かその知人がアテネで何か買ったのではないかと思った」

「その誰かがあなたの父親かもしれないと？」

「信じられないほどその可能性は低いが」しかし子供の頃、彼は自分にまつわる真実を知ることに必死だった。なんとしても父親を見つけたいと。「あいにく、手がかりはそれだけだった」

　レックスは咳払《せきばら》いをした。「図書館の分館の一つに、独学用の古いギリシア語の本があった。何年にもわたって何度も借りたものだから、ついにはぼろぼろになってしまった。そうしたら、司書がその本を僕にくれたから、夜ベッドでよく読んでいた」

　ポーシャが彼の腕を握った。「そんなこと、あなたは言わなかった……」

　彼はうなずいた。これは彼女に話さなかった秘密の一つだった。僕はポーシャに弱さを見せまいとしていたのだろうか？　彼女の前では常に強い男であろうとしたのか？

「何をどう話せばいいんだ？　僕はたぶん、何もないところに何かを見いだそうとしていたにすぎないのに」

　ポーシャは身を乗り出し、胸を彼の腕に押し当てた。「でも、それがあなたに目的と希望を与えたんでしょう？」

レックスは紫がかった茶色の目を見下ろした。ポーシャとはかつて多くのものを共有していたが、自分には何かが欠けているという感覚は隠し通してきた。長い間、自分の感情を内に閉じこめてきた。にもかかわらず、ポーシャが彼の胸の内を正確に言い当てたことに驚きを禁じえなかった。

「だからギリシアに行ったのね？」

レックスはうなずいた。「イギリスにとどまる理由はなかったからだ」

彼女が少したじろいだのを感じ、彼は自分の言ったことを後悔しそうになった。だが、事実だった。当時の彼は傷つき、孤独感に襲われていたのだ。

レックスは無理やり笑った。「僕は有益な文法や構文をたくさん学んだが、発音がひどいうえに、覚えた言いまわしは陳腐で古風だった」

「でも、あなたは自分の直感を信じて独学でギリシア語を学び、父親を見つけることができた。すばらしいわ。私もうれしい」

レックスはうなずいた。そう、僕にはすばらしい人生がある。やりがいのある仕事、友人、家族、莫《ばく》大《だい》な資産、美しい家。なのに……。

「どうやってお父さんを見つけたの？　アテネには何百万人もの人がいるのに」

「幸運に恵まれたんだ。レストランで厨房係《ちゅうぼうがかり》として働いていたとき、ある夜、オーナーの父親が厨房にやってきて、僕を見るなり、若い頃の旧友に似ていると騒ぎだした。僕はばかばかしいと思ったが、数週間後、彼がその友人をレストランに連れてきたとき、僕も周囲の人たちも、これは単なる偶然ではないと確信した」

そのときのことを思い出し、レックスは温かな気持ちになった。詳しい調査に時間がかかったが、父親は最初から彼を受け入れた。これまでの人生においてそうした信頼を寄せたくれたのは二人しかいなかった。レックスの動物の扱い方を褒めてくれた大叔父と、ポーシャだ。

「きみのお父さんのことを話してくれ」

ポーシャはひるんで身を引こうとしたが、彼はとっさに彼女の腕をつかんだ。

「父のことはあまり話したくない。亡くなったこと以外に、何を知りたいの？」

レックスは、自分が彼女にとってつらい領域に踏みこんだことを自覚しながらも、引き下がるつもりはなかった。二人の計画を打ち砕いた男の身に何が起こったのか、僕には知る権利がある。「彼の行動が僕にも影響を与えたことを、忘れないでくれ」

ポーシャはレックスの手から腕を引き抜き、彼のほうを向いた。「父の仕打ちのおかげであなたはギリシアに行き、父親を見つけることができた。ある意味、父はあなたによいことをしたと知って、あなたはいやな気持ちになったでしょう？」

レックスはうなずいた。彼は運命の皮肉に気づいていた。とはいえ、自分のためにポーシャの父親のことを知りたいわけではなかった。娘を監禁した以上のひどいことを、彼女の父親がおこなっていたのではないかという疑念を抱いていたのだ。

ポーシャはため息をついた。「わかったわ。歩きながら話しましょう。そろそろ荷造りをして、出発の準備をしないといけないから」

もう週末が終わろうとしていることを思い知らされ、レックスは胸を締めつけられた。それでも、彼はうなずいた。

ポーシャは落ち着いた声で切りだした。「あまり詳しくは話せないけれど、父とレインは数年は一緒にいたらしいわ。結婚はしなかったみたい」

「みたい？　はっきりとはわからないのか？」

ポーシャは目の前のカントリーハウス・ホテルに視線を向けたまま答えた。「あの日以来、父とは会っていないの」

「なんだって？」レックスは驚き、足を止めた。

彼女は二、三歩歩いたところで、眉根を寄せて振り返った。「父にあんな仕打ちをされた私が、家にとどまっていると思う？」

ポーシャは体の向きを変え、レックスを残して再び歩き始めたが、彼は三歩で追いついた。

「父は母を惨めにすることに全力を尽くしていた。もし母が父に立ち向かえるほど強かったら、父のもくろみは失敗していたはず。私は父に支配されるつもりはなかったから、家を飛び出した」

「お父さんは激怒したはずだ」レックスは顔をしかめた。「きみの人生をめちゃくちゃにするために、連れ戻そうとしたんじゃないか？」

「彼はまず、私を見つけなければならなかった」

「逃げたのか？」

ポーシャは眉根を寄せて彼を横目で見た。「もちろん逃げたわ。それがもともとの計画だった」

「だが、僕と駆け落ちするはずだった。きみ一人で逃げるのではなく」

ポーシャはまだ十七歳で、いろいろな面で無邪気だった。それまで彼女は過酷な現実から守られて育った。世間知らずで無防備な少女が一人で家出を敢行したと思うと、腹がよじれた。

「あなたがいない以上、私は一人で行くしかなかった。とにかく、私は生き延びた。なぜそんな目で私を見るの？　路上で体を売ったわけじゃないわ」

レックスは恐怖を覚え、唾をのみこんだ。彼も似た経験をしたが、ポーシャより二歳上で、経験も豊富だったし、若くて美しい女性でもなかった。彼女が直面した危険を考えると、ぞっとした。

「どうやって生計を立てていたんだ？」彼女の金は父親が管理していたはずだ。

「長い間、遠くにいる友人のところで厩《きゅう》務《む》員《いん》として働いていたの。ときには臨時の仕事もしたわ。正式な資格は持っていなかったから、お給料はよくなかったけれど、なんとかやっていけた。ここ数年はロンドンで働いていて、もうわざわざ素性を隠すようなまねはしなかった」

　厩舎の仕事は理にかなっていた。クロプリー・ホールでポーシャはしばしば厩舎に身を寄せていた。そこは彼女にとって唯一の安全な場所だったから。母親の死後、悲しみに加え、父との折り合いの悪さからくるストレスもあって、ポーシャはよくそこへ行っていた。

「父が本気で私を捜したら、たぶん見つけられたと思う。つまり、父は私と縁を切ったのよ」

　父が娘のために時間を割くことはほとんどなかった。大切な客に彼女を見せびらかす必要があるときを除けば。

「絵のことを教えてくれ、ポーシャ」

　彼女はさっと振り向いた。表情は硬く、唇は引き結ばれている。僕には関係ないと言うのだろうか？

　しかし、彼女は無言で肩をすくめただけだった。心なしかユーモラスに。「あの絵は父が私に残したすべてだった。美術史の勉強がしたくて」

　レックスは好奇心に駆られ、もっと詳しく知りたかった。だが、彼女がなんとか我慢して話してくれたのはここまでだった。

　ベッドでの親密さにもかかわらず、この週末、ポーシャは自分の人生について一般的なことしか話さなかった。映画や本や芸術のことなど。

　二人は私生活に関して境界線を設けていた。なぜなら、この週末の逢瀬《おうせ》は二人が別々の人生を歩むために設けられたものだったからだ。だが、レックスはその境界線にいらだちを感じ始めていた。

　彼は意識を会話に戻した。「たとえ事業がうまくいっていなかったとしても、きみの父親には遺贈可能な個人的資産があったはずだが？」

「父がどれだけの資産を持っていたかは疑問ね。お金を湯水のように使っていたから」

「お母さんの金はどうなった？　宝石とかも？」

彼のしつこい質問に、ポーシャはいらだちもあらわに口元をゆがめた。「母の遺産はすべて父が相続したんじゃないかしら。宝石は……最後に会ったとき、レインが身につけていた」

レックスは悪態をつきたい衝動に駆られたが、なんとかこらえた。

「気にしないで、レックス。私は父に何も期待していなかった。あの夜、さんざん脅されたわ。言うとおりにしないと相続権を剥奪するとか。だから、父がそれを実行したところで、驚きもしなかった」

レックスは怒りを抑えて言った。「彼にはまだ扶養義務があったはずだ。きみに財産を相続させる法的義務も。きみは一人っ子なのだから」

「だから絵を私に残したのよ。私が遺言に異議を唱えた場合に備えて」

「だが、きみは異議を唱えなかった。彼はきみがそうするのを見越していたんだ」

「欲しいものはいくつかあったの」つながれた二人の手をポーシャは見下ろした。「たとえば母の形見の品とか。でも、今までずっとそれなしでやってきたのだから、きっとただの感傷ね。父はおそらく、私の気持ちを知っていて、母の形見の品を隠していたに違いないわ」ふいに彼女はほほ笑んだ。「でも、最後に父は私に情けをかけた。絵が売れれば、お金に困らない。それまでは日々の暮らしに精いっぱいだったけれど、今は経済的な余裕ができたから、働く時間を減らして勉強に集中できる」

目の前のフレンチドアが開き、スタッフがデザイナーズ・ブランドのバッグを持って現れ、石段を下りてきて玄関ドアの前に待機している車に向かった。

玄関ホールでは、客たちが立ち話をしている。

レックスは焦燥感を覚えた。ここはプライベートな会話をする場所ではなく、二人の時間が終わったことを思い出させた。まもなく彼らも発《た》つ頃合いだ。

彼はポーシャの手を握り、好奇の目から彼女を遠ざけ、脇の通用口のほうへと導いた。

つかの間の情熱的な週末が彼女への欲求を消し去るものでないことは、今や明らかだった。

ポーシャの手が彼の手の中でぴくりと動いたとき、アドレナリンが彼の全身に噴き出した。

レックスは彼女が感情的に彼に依存することを望んでいなかった。不機嫌な母親と過ごした不毛な幼少期が、彼に恋愛への警戒心を抱かせていた。彼は愛を知らず、誰かと親しくなったこともなかった。ポーシャと出会うまでは。そして、二人の関係が破綻したとき、自分はロマンティックな恋愛に向いているかもしれないという儚《はかな》い期待はあっさり打ち砕かれた。

以来、ビジネスが彼の救いとなった。成功への渇望は相変わらず強いうえ、新しい家族に対して自分の存在価値を証明したいという欲求に駆られてもいた。ビジネスと家族、それだけで充分だった。

だが、ポーシャとの関係は終わっていなかった。

「僕たちは――」

「レックス、私は――」

「きみが先だ」レックスは促した。

通用口に着くと、ポーシャは手を彼の腕から抜き、コートのポケットに突っこんだ。

少し前まで、父親の話をするポーシャは毅然《きぜん》としていた。しかし今、急に自信をなくしたように見えた。彼女の視線はあちこちをさまよったあと、彼の口元に落ち着いた。

とたんにレックスの下腹部に熱が渦巻いた。今すぐポーシャにキスをしたかった。彼女の息が荒くなり、彼にしがみつくまで。

　スイートルームに着くなり、彼女は言った。「すばらしい週末だったわ、レックス。一秒たりとも退屈しなかった」

　彼女の声はかすれていて、レックスはスエードの肌ざわりを思い出した。にわかに期待が頭をもたげる。「僕もだ」

「よかった。あなたの将来がうまくいくことを願っているわ」ポーシャは深呼吸をして続けた。「セックスは……最高だった。でも、そこに未来はない。もう会わないほうがいいと思う。ここからは別々の道を行きましょう。あなたはアテネ行きの飛行機に、私は列車でロンドンに帰るわ。ありがとう、レックス。そして……さようなら」

7

　ポーシャは紅茶をいれ、ミルクを加えてから、布巾でキッチンカウンターを拭いた。すでにきれいになっているにもかかわらず。布巾を片手に、ほかに何か掃除するところはないかとあたりを見まわす。

　そして、ついにその時が訪れると、びくびくしないで、と自分をたしなめた。

　布巾をカウンターに置いて作業台の端まで進む。その上には、小さなプラスチック製品が置かれていた。取り上げる必要はなかった。結果ははっきりと見えている。

　陽性。

　ポーシャの口から、笑い声ともすすり泣きともつかない声がもれた。続いて体が小刻みに震えだし、今にも膝からくずおれそうだった。

私は妊娠した、レックスの子を。

二人は交際しているわけではない。過去の恋の残り火と、未解決の問題を解決したいという思いに駆りたてられ、再びベッドを共にしたにすぎない。

赤の他人――それが二人の現実だった。どんなに体の相性がすばらしくても、もう二人の人生が交わることはないと理解していた。

別れを切りだしたとき、レックスは私の言葉を鵜《う》呑《の》みにした。彼は昔の恋人とセックスがしたかっただけなのだ。その先には何もない。

あれ以来、ポーシャは彼とは会っていないし、連絡も取っていなかった。彼は空港に向かう前にポーシャを駅まで送った。別れのキスはなかった。

もう一度、レックスに会いたかった。関係を続けたかった。けれど、彼とこれ以上一緒にいても、私が満たされることはない。彼はけっして私のものになりえないのだから。

ポーシャの視線は再び検査結果に注がれた。

運命が二人を弄んでいる気がした。

胸のふくらみが妙に柔らかくなったと気づいたときから、ポーシャは妊娠を疑っていた。生理が遅れても、さほどの衝撃は受けなかった。避妊にはかなり気を遣っていたにもかかわらず。

レックスが避妊に無頓着だった記憶はまったくない。つまり、この妊娠はきわめて珍しいケースに違いない。

ポーシャはマグカップを手に取り、近くの椅子に腰を下ろした。陽性反応が出るかもしれないと覚悟はしていたのに、その重大さまでは理解していなかった。あるいは、これが何を意味するのか、怖くて考えられなかったのかもしれない。

彼女はマグカップを口に運んだ。紅茶を飲むという日常的な行為が、突然ひっくり返った世界を元に戻してくれることを願って。

　ばかばかしい。彼女の口からもれた笑い声が室内にむなしく響いた。

　これからどうなるの？　ポーシャは真剣に考えなければならなかった。紅茶をもう一口飲んだとき、彼女の左手はいつの間にか腹部に添えられていた。

　〝ここからは別々の道を行きましょう……ありがとう、レックス。そして……さようなら〟

　あれから一カ月以上がたったが、ポーシャの言葉も、その口調も、レックスははっきりと覚えていた。

　僕は彼女に捨てられたのだ！

　彼女は僕にまったく未練がないのだ。

　レックスは歯を食いしばった。本当だろうか？　そんなに簡単に僕に背を向けることができるものだろうか？

　ここ数年、レックスは自分の思いどおりにすることに慣れていた。ポーシャがクロプリー・ホールを出たあとの生活について少し話したところによると、自分の好きなことをする余裕はほとんどなかったらしい。

　理由はどうあれ、ポーシャから離れていられたのは、プライドゆえだった。逃げた女性を追いかけるなどありえない。だから、オークションのためにロンドンに行くことはないと決めていた。なのに今回、仕事の都合でイギリスに来ざるをえなかった。

　レックスはメイフェアのなじみの通りに入ると、苦笑しそうになった。こうして再びロンドンにやってくると、オークション会場には足を運ばないという自分の決断がばかばかしく思えたからだ。別にポーシャに会いに来たわけではないし、そもそも彼女は裏方として働いているにすぎない。今回の出張がオークションの開催時期と重なった以上、参加するのが自然の流れだろう。

オークションハウスに行っても、ポーシャを捜すつもりはない。彼女の拒絶を受け入れたのだから。万が一、顔を合わせても、お互い大人として振る舞えるはずだ。恐れる必要はない。

実際、二人が会うのはいいことではないだろうか。この数週間、ストレスがたまる日々を過ごしながらも、前に進んでいることをポーシャに示すいい機会になるに違いないから。

内なる声の反対を押しきって、レックスはオークションに参加するつもりだった。そして、欲しいものを手に入れて立ち去るのだ。

簡単なことだ。

実際、そのとおりになった。レックスは歓迎され、面識のあるアメリカ人の女性コレクターとの会話を楽しんだ。オークションは特に大きなサプライズもなく進み、レックスは欲しかった作品を手に入れた。すべてが終わり、そのアメリカ人から飲みに行かないかと誘われたとき、レックスはうなじがぞくぞくし、脈が速くなるのを感じた。

彼は鋭く息を吸いこみ、会場を見渡した。

ポーシャがいた。今日は青と紫の中間のような深い色のスカートとジャケットを身につけて。

瞬時にあらゆる感覚が警戒態勢に入った。耳鳴りがして、胃のあたりがざわつく。

レックスは彼女を食い入るように見つめた。甘美な曲線と形のいい脚。服の深みのある色がブロンドの髪と茶色の瞳を引き立てている。そして、磁器のように透き通った肌に、ほんのりと赤らんだ頬……。

だが、レックスは隈《くま》のある目元から疲れを読み取り、眉根を寄せた。

同情する必要はない、と彼は自分に言い聞かせた。僕は彼女のせいで眠れぬ夜を過ごしていたのだから。

とはいえ、ポーシャは誰かを捜しているようだった。そして、人々の合間を縫うようにして二人の視線がぶつかったとたん、レックスは胸に拳を食らったような、あのおなじみの衝撃を受けた。

まるで懐かしい故郷に帰ってきたような。ばかばかしい。過去を共有しているという親近感にすぎない。

レックスは背を向け、アメリカ人の誘いに応じようと決めたものの、まったく違うことを言っていた。

「楽しそうだが、また別の機会に誘ってくれ。話をしなければならない知人がいるんだ。コペンハーゲンのオークションでまた会おう。失礼するよ」

ポーシャはオークション会場に用はないはずだ。おそらく僕に会いに来たに違いない。しかし、彼が近づくと、彼女は逃げるようにあとずさりし、握りしめた拳に目を落とした。

「僕に用があるのか、ポーシャ？」

彼女は顔を上げた。その表情は読み取りがたかったが、疲れているのは間違いなかった。

「そうよ。もし時間があるなら」

ポーシャはそう言って彼の背後に目をやりながら唇を引き結んだ。彼女の視線を追うと、例の女性コレクターがバッグを取り上げ、立ち去るところだった。彼女の炎のような赤い髪とほっそりとした体、そして派手な服装はいやおうなく人目を引いた。

レックスはポーシャの表情を観察し、満足感を覚えた。嫉妬しているのだろうか？

「多少は融通がきくが、用件は？」

ポーシャはしばしの沈黙のあとで答えた。「ありがとう。でも、ここでは話せないから、少し歩きましょうか？」

十分後、レックスはメイフェアの公園を散策していた。淡い青空の下、水仙が咲き乱れ、あたりを明るく彩っているが、空気は冷たく、アテネとは大違いだ。ポーシャは胸の前で腕を組んで歩いていたが、寒さのせいではないようだ。じっくり観察すると、彼女はあまりに弱々しく見えた。たちまち不安が頭をもたげた。「具合でも悪いのか、ポーシャ？」この数週間、僕と同じように苦しんでいたのだろうか。

　ポーシャは周囲を見まわし、近くに人がいないことを確かめてから、近くのベンチを見やった。「座りましょう」

　レックスはうなずき、彼女と並んで座った。

「あなたに話したいことがあるの」

　彼女の言葉はそこでぱたりと止まった。よりを戻したいという告白を期待していたが、彼女の表情を見てレックスの楽観的な希望は消《き》え失《う》せた。

　爽やかな風が吹いているにもかかわらず、彼女の頬は青白く、目の下の隈は思ったよりずっと濃い。

　悪い予感に、レックスの胃がよじれた。何かがおかしい。重大事が勃発したに違いない。さもなければ彼女が僕にわざわざ会いに来るはずがない。病気なのか？　動揺のあまりじっとしていられなくなり、彼は立ち上がってコートを脱ぎ、彼女の肩にかけた。

「なんのつもり？」ポーシャは目を見開き、抗議するような口調で言った。寒くなんかないと言わんばかりに。

　レックスはコートの襟から手を離し、手の甲を彼女の頬にあてがった。冷たい。

　だが、彼女に触れたとたん、やけどをしたかのように手がひりひりした。同時に、彼女の顔が赤みを帯びるのを見た。

　絆《きずな》はまだそこにあった。

「あなたが凍えちゃうわ。イギリスの冬の寒さに慣れていないのだから」それでもポーシャはコートを脱ごうとしなかった。

「僕が雨の日も雪の日も、明け方に厩舎《きゅうしゃ》の掃除をしていたのを忘れたのか？」レックスは再びベンチに腰を下ろした。「さあ、用件を聞かせてくれ」

ポーシャはうなずき、体をひねって彼と向き合った。「思いがけないニュースがあるの」

レックスはどきっとした。彼女の沈痛な面持ちから最初に頭に浮かんだのは、何か致命的な病気だった。彼は無意識のうちに手を伸ばし、彼女の手を握ろうとした。

「私、妊娠したの。あなたの子を」

彼はその言葉をはっきりと聞きながらも、意味を理解するのに一分ほどかかった。そして愕然《がくぜん》とした。

「妊娠？　そんなばかな。僕たちは毎回、必ず予防策を講じていた」

「そのとおりよ」ポーシャは彼の目をじっと見た。

「でも、間違いないの。病院に行って確認したわ」

「妊娠……」レックスは呆然《ぼうぜん》としてつぶやいた。

レックスの驚きようは、ポーシャが妊娠検査キットの陽性反応を見たときとそっくりだった。

それがセックス以外のあなたたちの共通点ね。

皮肉な分別の声をポーシャは振り払ったものの、二人が分かち合っているものがいかに少ないかを思い知らされ、ほぞを噛《か》んだ。

レックスは彼女の頬から手を引いて立ち上がり、髪をかきむしりながら二、三歩あとずさりした。もう一方の手はポケットに深く押しこまれた。その拍子にズボンの生地が引っ張られ、ヒップの形がくっきりと浮かび上がった。

とたんにポーシャの口の中はからからに乾いた。緊張のせいではない。彼女はぎゅっと目を閉じた。いつになったらレックスに対する欲望は消えるの？

レックスの眉間には深いしわが刻まれている。とうてい幸せそうには見えなかった。しかし、明らかにショックを受けている今、彼の反応を勝手に判断するのは不公平だとわかっていた。ポーシャもまた、最初は驚きと将来への不安から、妊娠を歓迎できなかったからだ。もし二人が愛し合っていたら、あるいは彼女がシングルマザーになることを望んでいたら、状況は変わっていただろう。

今、ポーシャは妊娠に興奮していた。けれど、喜びがある一方で、障害や困難が伴うことも知っていた。彼女はレックスの険しい顔を見やった。彼は経済的なサポートをするだけの、子育てには無関心な父親になるのだろうか？　彼の人生設計に赤ん坊がどう位置づけられているのか見当もつかない。もしかしたら、赤ん坊の母親には洗練されたギリシア人女性を望んでいるのかもしれない。だとしたら、私の赤ちゃんは歓迎されないだろう。

あるいは、この知らせを充分に理解したら、彼は感激するかもしれない。その場合、彼は定期的にイギリスに来て子供と過ごしたいと思うだろうか？

彼はデニムのような青い目を彼女に向けた。「僕の子を身ごもっているんだな？」

それは質問というより宣言のように聞こえ、ポーシャはベンチに座ったまま背筋を伸ばした。「間違いなくあなたの子よ。私はほかの誰とも……」

彼女は唇を噛んだ。レックス以外に恋人がいなかったことを知られたくない。

彼は目を細くしてポーシャを凝視した。彼女の魂と彼女が持つ秘密のすべてをのみこもうとするかのように。「ポーシャ、僕は疑ったわけじゃない。ただ自分と折り合いをつけようとしただけだ。それで……産むつもりか？」

ポーシャは身を硬くした。「ええ」

レックスがうなずいた。それが理解を示したものか、喜びを示したものか、彼女にはわからなかった。けれど、そんなことはどうでもよかった。いずれにせよ、彼女には中絶という選択肢はなかった。

「ありがとう」レックスがつぶやいた。

ポーシャは驚き、目をしばたたいた。自分が何を期待していたのかよくわからないが、中絶を強いられなかったことに、とりあえずほっとした。

「どこで産むか、もう決めたのか？」

彼女はまたも驚いた。「ロンドンの病院かしら。まだそこまでは考えていなかったわ。どうして？」

「アテネなら、すばらしい医療を受けられる」

「アテネ？」彼は子供にギリシア国籍を取得させたいのだろうか？ 私なしにその子を育てたいの？ ポーシャの心臓が跳ねた。いいえ、レックスはそんなことをする人ではない。けっして。

とはいえ、彼はかつての少年ではない。今は異国の地で暮らす億万長者のレックス・トマラスだった。

「なぜアテネなの？」

彼は両手を広げ、肩をそびやかした。「理にかなっているからだ。きみが僕と結婚すれば」

8

「結婚？」

ポーシャの口からその言葉がほとばしり出た。素っ頓狂な大声で。ベビーカーを押しながら近づいてきた女性がびっくりして、足早に通り過ぎた。

ポーシャは無意識のうちにレックスの目を穴のあくほど見つめていた。時間がゆっくりと流れ、周囲の空気が濃くなる一方で、ポーシャはこれまで気づかなかったさまざまな感覚を意識した。まばたきするときのまぶたの重さ、脈拍のとてつもない速さ、息を吸うのに必要な力。

「そうだ。それが分別のある解決策のように思う」

解決策？ 彼は子供を問題扱いしているの？ ポ

ーシャは妊娠を告げたときの彼のしかめっ面を思い出した。

「分別のある？　それどころか、まるでヴィクトリア朝の時代に戻ったみたい」

「ヴィクトリア朝？」レックスは聞きとがめた。不敵な笑みを浮かべて。

それでも彼は、最高に魅力的な男性に見えた。

妊娠ホルモンのせいよ。この人は、なんの迷いもなく私のもとを去り、私を傷つけた男なのだから。

レックスは脚を大きく広げ、両手をポケットに突っこんで、たくましい体を見せつけるようにして立っている。十九歳の頃の彼も厩舎《きゅうしゃ》で働いていたせいか、体は筋肉質だったが、今より細身だった。

「自分の子供を我が手で育てたい、家族をつくりたいと望むのが、時代遅れだというのか？」

ポーシャは、肋骨《ろっこつ》の下の固いしこりが消え、呼吸が楽になるのを感じた。彼は子供のことを考えている。私たちの子供のことを。

それでも、にわかには信じがたかった。

「あなたが赤ちゃんに関わりたいと望んでいると知ってうれしいわ」たとえそれが問題を複雑にしたとしても。「私たちの子供のことを第一に考えてくれている。でも、家族にはいろいろな形がある。必ずしも赤ん坊のために結婚する必要はないのよ」

レックスはゆっくりと首を横に振った。「僕がかつて知っていた女の子なら、けっして〝ノー〟とは言わなかっただろう。僕たちは生涯を共にするつもりだった。覚えているか？」

「ええ、もちろん」ポーシャは、たぶん彼よりも長くその望みを胸に秘めて生きてきたのではないかと思っていた。今でもときどき、二人が一緒に暮らしている夢を見るからだ。「でも、それははるか昔のことよ、レックス。私たちは別の道を歩んでいる」

レックスは肩をすくめた。「それでも、僕たちは同じ赤ん坊の親になろうとしている」

彼女は彼のコートの下で指を交差させた。「わかっているでしょう、レックス。十年という歳月はあまりに長いし、一度や二度ベッドを共にしたくらいでかつての親密さは取り戻せない。結婚して、もしうまくいかなかったら、子供はどうなるの？　ひどい間違いを犯すくらいなら、離れて暮らしたまま協力して赤ん坊を育てるほうがずっといい」

「きみは変わった。僕の知っているポーシャは、そんなに悲観的ではなかった」

「悲観的というのは違う。慎重なだけ。もう私たちは衝動的なティーンエイジャーではない。希望を抱くだけでは充分じゃないことを知っている大人よ」

レックスの口元が険しくなった。

十七歳のポーシャは死以外に二人を引き離すことはできないと信じていた。若さゆえの純真さで！

「だったら、結婚そのものに反対というわけではないんだな？」

ポーシャは彼を見つめた。「どうしてこんな話になったの？　赤ちゃんのことを話すべきじゃないかしら？」

「まさに僕はそのことを話している」

「私に結婚を押しつけることで？」

「押しつけてなどいない。最善の選択肢を提示しただけだ。僕たちは愛し合ってはいないし、以前ほどにはお互いのことを知らないかもしれない。だが、充分に理解し合っているし、相性のよさは証明済みだ。多くの結婚はそこから始まる」

相性がいいと言ったときのハスキーな声に、ポーシャの体が熱くなり、胸の頂が硬くなった。

二人は重大な決断を迫られていたが、ポーシャはすぐに仕事に戻らなければならなかった。しかし、彼女が思い浮かべたのは、レックスが彼女の手を取り、近くの高級ホテルに連れていくことだった。そして寝心地のいいベッドで、喜びを分かち合う。しばらくの間、将来への不安を忘れて。

ポーシャは乾いた唇を舐《な》めた。彼のまぶたが揺れるのを見て、興奮が内臓を締めつける。

「それとも、もう僕に魅力を感じていないのか？」

信じられない。この人には感受性がないの？

たとえ裕福な父親の支援があったとしても、レックスに非情な一面と驚異的な決断力がなければ、けっして億万長者にはなれなかっただろう。ポーシャは今、突き出した顎と冷徹な視線の中に、その非情さと決意を見て取った。

ポーシャは立ち上がり、彼と面と向かった。「私たちの赤ちゃんの未来は、私たちが惹《ひ》かれ合《あ》うかどうかで決まるわけではないわ。私たちの十代の恋愛と違い、時の試練に耐える決断をするべきよ」

一瞬、レックスは驚いたように見えた。今も彼に惹かれていることを認めなかったことで、傷ついたのかもしれない。今もまだ私に憧れていてほしかったのだろうか？

彼は胸の前で腕組みをした。「じゃあ、きみは僕たちの赤ん坊のために何を考えていたんだ？」

その問いにポーシャは虚を突かれた。実のところ、産むと決めたこと以外、何も考えていなかった。

「現段階では、妊娠したことをあなたに知らせ、あなたが子供に関わりたいかどうかを確かめたかっただけよ」

レックスは目を見開いた。「関わりたい」

「そう。よかったわ」彼女は一呼吸おいてから言葉を継いだ。「詳細はあとでじっくり話し合いましょう。時間はたっぷりあるから」

「なぜ今ではないんだ？」

「妊娠したことを受け入れるのに、まだお互いに必死だからよ。落ち着いてから話したほうがいいわ」

レックスは鋭い目で彼女を見すえたあと、ベンチを指し示した。「もう一度、座って話さないか？」

彼女は時計を見たが、この会話を終わらせる口実を探しているのだと自分でもわかっていた。

レックスが積極的な役割を求めてくれたことに私は感謝するべきなのだろう。赤ちゃんが自分の子だとすぐに認めたことにも。世の中にはそうではない男性も大勢いるそうだから。

ポーシャがベンチに座ると、彼は隣に腰を下ろした。相応の距離をおいて。

ほっとした。レックスとの距離が近すぎると、思考力が鈍るからだ。だが、彼女の体は彼との触れ合いを待ち望んでいた。

「きみが何を考えているのかはわからないが、僕は赤ん坊の人生に関わりたい」

レックスの話し方は威圧的ではなく、むしろ親しみやすく感じた。

「あなたが私たちの子供の人生で本当になんらかの役割を果たしたいのであれば——」

「当然だ」

ポーシャはゆっくりと息を吸った。「それは赤ちゃんにとっていいことだと思う。ただ、物事が少し複雑になる」一人で子供を育てるのは大変だけれど、少なくとも親権を巡る取り決めをする必要はない。

「きみは、僕は我が子と関わりたくないだろうと本気で思っていたのか？」

ポーシャは彼のほうに顔を向けた。「ええ。決めつけるつもりはなかったけれど、私は今のあなたや、あなたの将来の人生設計について何も知らない。あなたはギリシアのすてきな女性との結婚を望んでいるかもしれない。もしそうなら、子供は邪魔になるでしょう」

「僕が子供を邪魔者扱いすることは絶対にない」レックスは歯を食いしばった。「それから、相手が誰であろうと、僕は結婚するつもりはなかった」

「独身主義者だから？　誰もが家庭を持ち、子供を持つのに適しているわけではないもの」

「だが、結婚を忌避しているわけではない」

「でも、実際に結婚をしていない」もしかしてかつて私と分かち合ったものが特別なものだったから？　それとも、ロマンスそのものを放棄したの？

「ビジネスと新たな家族との関係を築くのに忙しかったからだ」

「ええ、わかるわ」

レックスの表情は、彼女の言葉を信じていないことを物語っていた。

「結局のところ、問題は私たち二人がどのように子育てをするかということに尽きる。あなたはどんなふうに関わりたいの？」

「言うまでもなく、全面的に関わりたい。我が子のすべてのシーンに立ち会いたい」

「それは難しいわ。違う国に住んでいては」

「結婚すれば簡単になる」

ポーシャは二度ほど深呼吸をした。「両親が同居しなくても、共同の子育ては可能よ」

レックスの眉が不機嫌そうにつり上がった。「きみは子供に、毎週のようにイギリスとギリシアを往復させるつもりか？」

「そんなこと考えもしなかったわ！」動揺を抑えようとポーシャは我が身を抱きしめた。

「きみがギリシアに引っ越せば、問題は解決する」

「あなたがロンドンに引っ越したら？」

自分の仕事がギリシアを拠点にしていることをレックスはあえて口にせず、ポーシャをまっすぐに見た。「僕は毎日、子供のそばにいたい。父と僕の間に起きたことが繰り返されるのはごめんだ」

ポーシャは愕然《がくぜん》とした。「私はあなたと子供を引き離したりしない！」父親の不在がレックスの幼少期をいかにむしばんだか、彼女は知っていた。「私はあなたのお母さんとは違う」

レックスの唇に薄い笑みが浮かんだ。「わかっている。そして、念のために言っておくが、僕はきみの父親とは違う。僕を信用できずに躊躇《ちゅうちょ》しているのなら」

「いいえ、違うの。私はただ、私たちの関係が今後どうなるかわからないから、不安なだけ」

レックスは背もたれに寄りかかり、髪をかき上げた。そのセクシーなしぐさに彼女の胸はときめいた。

「少なくとも、きみはすべての問題点を挙げてくれたから、スタート地点には立てたと思う」彼女の表情から何かを読み取ったのだろう、レックスは目を細めて続けた。「ほかに、まだあるのか？」

ポーシャは肩をすくめ、落ち着いた声を出せるよう息を整えた。「ただ、当然ながら、出産までこぎ着けない可能性もあるわ」

レックスは、彼女の言葉に衝撃を受けた。全身が硬直し、筋肉が悲鳴をあげる。

そして、困惑した。赤ん坊のことを知って三十分しかたっていないのに、もう父親になったつもりで、我が子を腕に抱くところを想像していた。

僕にできるだろうか？　父親になることが、家族を持つことが。

そして今、子供が無事に生まれないかもしれないというポーシャの思いがけない警告に、胸が恐怖に締めつけられた。

レックスの視線は彼女の横顔をなぞり、柔らかな唇を経て、残酷な運命に逆らうかのように突き上げられた顎に留まった。

彼女は不安を隠そうとしていたが、それははっきりと伝わってきた。彼女が身ごもっている赤ん坊と同じくらいまざまざと。

そのとき、レックスははっと気づいた。生まれてくる赤ん坊がどんなに現実味を帯びていても、今この瞬間、自分にとって最も大切なのは、新しい命をおなかの中で育てている女性だ、と。

レックスは畏敬の念に打たれた。慎重を期するポーシャの頑《かたく》なさにどうして腹を立てることができようか。彼女は正しい。慎重に事を進めなければならない。

彼は手を伸ばし、拳に握られた彼女の冷たい手を優しく包みこんだ。

「そんなことが起こる可能性は低い」

「ええ、そうね。最悪の事態を想像していたら、前に進めない」

「そのとおり」レックスは彼女の拳を手で包んだまま言った。その感触が好きだった。「一歩ずつ進んでいこう。いいね？」

ポーシャはうなずき、ようやくほほ笑んだ。

「僕にできることの一つは、きみが最高の医療を受けられるようにすることだ」

「その必要はないわ。国民保険サービス《NHS》は……」

「確かにすばらしい制度だが、公的医療には限界がある。それに僕には金があるから、一流の産婦人科医の予約を取れる」彼はそこで言葉を切った。「すべてが正常だと確認するために。そうすればきみも安心でき、気持ちが楽になる」

ポーシャは一瞬ためらったあとで、ゆっくりとうなずいた。「ありがとう。優しいのね、とっても」

優しい？　単に僕にできる最低限のことなのに。ポーシャと赤ん坊を守ることは僕の責任であり、義務だ。だが、今はそのことを彼女に認めさせるときではない。時間をかけて、なんとか説得する方法を見つけなければ。

「いつまでにオフィスに戻る必要があるんだ？」

「今すぐに。今日は忙しいの。残業になりそう」

レックスは、長時間労働はよくない、きみには充分な休息が必要だと諭そうとしたが、思い直した。彼は立ち上がり、手を差し出した。「行こう」

ポーシャは彼の手を取って立ち上がり、コートを脱ごうとした。「寒いでしょう？」

すぐさま彼女の肩に手を置き、制した。「着ていてくれ。僕は大丈夫だ。歩きながらきみのぬくもりを分けてくれればうれしいが」

そう言ってレックスは彼女の腕を取って引き寄せた。抱きしめたかったが、抵抗されるとわかっていたので諦め、来た道を引き返した。

「ポーシャ、何があろうと僕はきみを支えるために精いっぱいのことをする。きみは一人ではない」

レックスは彼女が震えるのを感じた。

「ありがとう、レックス。あなたにできることは何もないけれど、その約束はとてもありがたいわ」

「僕に何ができるかよく考えて、今夜改めて連絡するよ」

「いつギリシアに戻るの？　今夜？」

レックスはためらった。アテネに戻るつもりだったが、ポーシャの妊娠を知ったからには、すぐには戻れない。「いや、まだ仕事が残っているんだ」

以後、二人は黙々と歩いた。レックスは冷静な態度とは裏腹に、混沌《こんとん》とした感情の渦に翻弄されていた。

畏敬の念、興奮、そして緊張。

僕はいい父親に、いい夫になれるだろうか？　ひどい子供時代を送ったがゆえに、頑張ろうと思ったのだろうか？

だが、僕が結婚を提案したとき、ポーシャは否定的だった。彼女は、二人が分かち合っているのは親密さではなく、ベッドの上での戯れにすぎないと言った。そのことを思い出すなり、驚いたことにレックスの胸に痛みが走った。

確かに、二人の関係は性的な魅力の上に築かれていた。そして、いずれは欲望は枯渇するとレックスは自分に言い聞かせていた。それでも、二人の間には何かが芽生えつつあるのは確かだ。赤ん坊のために、二人が築きあげることができる前向きな何かが。

これまでの経緯を振り返れば、ポーシャが結婚に消極的に、そして悲観的になるのは理解できる。しかしレックスは、活発で楽観的だった少女がいなくなってしまったことを嘆いていた。

もしポーシャがほかの誰よりも僕のことを気にかけてくれなかったら、僕の人生はまったく違ったものになっていたかもしれない。彼女は僕の荒々しい部分を和らげてくれた。彼女の期待に応えようとすることで、足を踏み外さずにすんだのだ。

そう、僕はポーシャに借りがある。もう二度と彼女を失望させてはならない。どうにかして二人の関係をいい方向へ持っていく道を見つけなければ。

彼はポーシャを心配していた。彼女は憔悴《しょうすい》し、不安そうだ。彼女が誰にも気にかけてもらえず、孤独をかこっていることをレックスは知っていた。何かあったときに頼れる人もいない。

公園を出て通りに出たとき、彼は思いきって言った。「ギリシアに来てくれないか」

彼女は身を硬くし、首を左右に振った。「結婚はもう断ったはずよ」

「これは結婚とは別だ」彼は最も説得力のある声を出そうと努めた。「きみは見るからに疲れている。一週間か二週間、短い休暇をとって、ギリシアでのんびり過ごさないか？　何もせずに、ただ春の日差しを浴びて英気を養うんだ」

「急に休暇を取るなんて無理よ。今はとても忙しいって言ったでしょう？」

「明日出発するという話ではない」必要とあらば、彼女の上司を説得する自信はある。「僕の客として精いっぱいもてなすよ。旅行の手配もするから、きみは身の回り品と着替えだけ荷造りすればいい。僕の別荘のスイートルームをきみに提供する」できれば僕のスイートルームに滞在してほしいところだが、彼女には専用の空間が必要だ。

　ポーシャは訳知り顔で彼を見た。「滞在中に、あなたと結婚するよう説得するつもりでしょう？」

レックスは悲しげな笑みを浮かべた。「さあ、どうかな。とにかく損はしないと思う。春のギリシアは美しく、田舎はどこも野花であふれている。そこでリラックスするきみの姿が目に浮かぶようだ」

緋色《ひいろ》のポピーを摘もうと身をかがめるポーシャ。僕のプライベートビーチの浅瀬で浮かんでいるポーシャ。そして、大きなベッドに横たわり、僕を手招きするポーシャ……。

　二人が角を曲がって別の道に入ると、冷たい風が吹きつけた。

「ギリシアに行ったことはあるのか？」

「パリへの修学旅行を除けば、イギリスから出たことはないわ」

「アテネにはすばらしい美術がいくつかある」

　ポーシャが笑った。「諦めの悪い人ね」

　彼女の笑顔にレックスの心は浮き立った。「大切なことは諦めない。僕にとってきみは大切な人だ、ポーシャ。僕たちの子供も。だから、どうか検討してみてくれ。なんの制約もない小旅行だ。少なくともアテネがどんなところか知ることができる。ロンドンに戻る頃にはきっと気分も晴れているはずだ」

　その言葉に隠された罠《わな》はないかと探るように彼を見てから、ポーシャは言った。「ありがとう。考えておくわ」

　ポーシャは産科医の診察室から出ると、肩の荷が下りた気がした。

　迅速に予約を手配したレックスの行動力と、医師の丁寧な診察にまだ驚いていた。

医師は、ポーシャの最大の不安を和らげるために、忍耐強く励ましてくれた。数日前のわずかな出血は珍しいものではなく、必ずしも切迫流産の兆候ではないとのことだった。また出血があった場合は連絡するようにと言われたものの、今のところ、すべて順調らしい。

「何かいい知らせがあったようだな」

その声にポーシャが顔を上げると、レックスが歩道で待っていた。病院まで車で送るという申し出を断ったとはいえ、彼が迎えに来るのではないかと半ば予想はついていた。

彼の顔には興奮と緊張がないまぜになった表情が浮かんでいた。彼が赤ちゃんのことを心配してくれているのはありがたいことだった。

「ええ。今のところ、すべて順調ですって」

「すばらしい！　お祝いをしようか？　すぐ近くにおいしいレストランがあるんだ」

彼の喜びように胸がときめいたものの、誘いは断るしかなかった。「ごめんなさい。仕事に戻らないといけないの」

たちまち彼の顔から明るさが消えたが、文句は出なかった。ポーシャの父親なら、せっかくの厚意が無駄になり、罵声を浴びせたに違いない。

並んで歩き始めたとき、ポーシャは言った。「予約を取ってくれてありがとう」

レックスが彼女のほうに顔を向け、その視線をとらえた。「僕は力になりたいんだ。僕の子供を身ごもっていることは別として、きみのことを気にかける人がいるという事実を胸に留めておいてほしい」

「私は十年以上も、自分の面倒は自分で見てきたのよ。私は有能なの」

レックスは苦笑した。「それは充分に承知しているよ、ポーシャ。これほど僕に何も求めない女性はきみが初めてだ」

ポーシャは思わず考えずにはいられなかった。彼にあれこれ求めたに違いない女性たちのことを。友人なのか、仕事仲間なのか、恋人なのか。レックスは彼女たちをどう思っていたのだろう？

「きみを依存体質にしたり、翼をもごうとしたりする気はまったくない。だが、ときには自分は一人じゃないと知るのはいいことだ。きみを支えてくれる人がいるということを。それを受け入れるのはそんなに難しいか？」

不思議なことに、そのとおりだった。

ポーシャにも友人はいるが、かつてのレックスのように親しい間柄の友人は一人もいなかった。彼女が苦しんでいるのを見守ったり、些細《ささい》な頼みを聞いてくれたりする友人はいた。しかし、家族さながらに、何があっても彼女のそばにいてくれる人はいなかった。そのことに今さらながら気づき、彼女はショックを受けた。

レックスは今、家族に最も近い存在だった。

ポーシャはまばたきをして足元に目をやった。クロプリー・ホールを継いだ遠い親戚には会ったことがなかった。レックスは親戚ではないし、彼の結婚の提案には多くの複雑な感情が絡んでいて、受け入れる気にはなれなかった。けれど、レックスはおなかの赤ちゃんの親戚だった。

もちろん、あなたが必要としているなら、彼はそこにいたいと思っている。心の声が指摘した。父親になるということに彼は興奮を覚えている。そして、彼はあなたの面倒を見ることで、自分の子供の面倒も見ているのよ。

安堵《あんど》するべきか落胆するべきか、ポーシャは迷った。

しかし、十代の頃から独力で自分の道を切り開いてきた彼女は、愚かなことをしないよう自分に言い聞かせた。精いっぱい支援するというレックスの申し出は本物だった。彼が心配しているのはポーシャではなく子供だということを残念に思う余裕は、今の彼女にはなかった。

それを望むのは愚かだ。レックスの彼女に対する〝愛〟は最初の試練で消《き》え失《う》せた。けれど、彼が自分たちの赤ちゃんに対して抱いている責任感は別だ。母親に育児放棄された経験を持つ彼は、自分が得られなかったものを我が子に与えようと全力を尽くすに違いない。

ポーシャは充分な休息と睡眠が必要だという医師の助言を思い出した。ストレスを軽減できるのであれば、助けを受け入れるべきだ。そうでしょう？

彼女は苦笑した。レックスの助けを受けることにはストレスが伴うんじゃない？　とはいえ、疲れ果ててしまっては、子供に危険が及ぶかもしれない。

ポーシャの胸中を読んだのか、あるいはタイミングを計っていたのか、レックスが尋ねた。「ギリシアに来ることを、考えてくれたか？」

彼女は深呼吸した。「ええ、いい考えだと思う。一、二週間だけなら。ただし休暇が取れたらの話だけれど」

レックスのほほ笑みと、彼女の手を握る彼の手の温かな感触に、ポーシャの胸は高鳴り、切望の波が押し寄せた。

「後悔はしないさ。きっと楽しめると思う。リフレッシュしてロンドンに戻ってこられるよ」

彼の言うとおりよ、これは賢明な選択だ。ポーシャは自分にそう言い聞かせた。

しかし心の奥底では不吉な予感が頭をもたげていた。私は軽率な一歩を踏み出してしまったのではないかと。

9

レックスはポーシャがヘリコプターから降りるのに手を貸した。

アテネまでのフライトで彼女が疲れているのではないかと心配していたが、ヘリコプターがアテネ上空を通過し、サロニコス湾を横切った際の彼女の喜びようを見て、胸を撫《な》で下《お》ろした。

「海がこんなに青いなんて知らなかった。パルテノン神殿を空から眺めるなんて……」地上に降り立つなりポーシャは彼にほほ笑みかけた。「ありがとう、レックス」

ヘリコプターに乗るという初体験を彼女にさせることができたうえに、奇跡のような微笑を引き出すことができ、レックスは喜んだ。いやがうえにも、プロポーズを受け入れてくれるかもしれないという期待が高まった。

「気に入ってくれてうれしいよ」

淡い色のパンツと鮮やかな赤のトップスを身につけたポーシャは、かつて彼が夢中になった快活な少女に戻ったようだった。

子供のように目を輝かせる彼女を見て、レックスは思い知った。ポーシャは、僕のエロティックなファンタジーを満足させるセクシーな女性というだけでなく、それ以上の何かを持っている、と。そして、守銭奴が金をためこむように、彼女の喜びをためこみたいと思った。

「あれはあなたの？」ポーシャが尋ねた。

左手には森、右手にはビーチへと続く庭付きの別荘が見えている。「ああ。小さな島だが」

ポーシャは眉を上げた。「あなたは自分の島を持っているの？」

「ああ。丘の向こうに古い修道院があるが、今は無人だ」その建物と土地の購入にかなりの資金を投入したことは言わなかった。ポーシャが金に関心がないことを知っていたからだ。「当初はアテネに住んでいたが、どこか静かな場所で暮らしたくなった。ここは深い考え事をするには最高だ」

ポーシャはうなずき、笑みを浮かべた。「景色はまったく違うけれど、クロプリーの森を思い出すわ」

レックスは、生命のきらめきに満ち、豊かな香りが漂う静かな場所を思い浮かべた。三方を森に囲まれ、別世界のような雰囲気が漂っていた。そこはポーシャにとって、横暴な父親からの避難場所だった。

「毎日ヘリコプターで通勤しているの？」

ポーシャが急に話題を変えたので、レックスは彼女が心を閉ざしたように感じた。それとも、自分の過去を締め出したのだろうか？

「普段は船を使っている。アテネの港、ピレウスまでは船ですぐだから。今回ヘリを使ったのは、空港から港まで行くより、ヘリを乗り継いだほうが早く着くからだ。きみに負担をかけたくなかった」

「ご親切に。ありがとう」

レックスは彼女を別荘へといざなった。親切ではないと反論したかった。自分のためにしたことだと。なんだって？　心の声が揶揄《やゆ》した。彼女が婚約者だからか？　彼女はまだおまえと結婚することに同意していないことを忘れたのか？

だが、彼女はそうする、とレックスは言い返した。

ポーシャは小道の曲がり角で足を止めた。陽光に照らされた暗い蜂蜜色の髪が黄金色に染まる。髪をなびかせる春風はまだ少し冷たいが、日差しは温かかった。

「レックス、二週間の休暇をありがとう。あなたが言うように私には休暇が必要だった」

　恋人に話す口調ではなかった。感謝の気持ちは本物だが、いかにも他人行儀だ。ポーシャは明らかにバリアを張り巡らしている。僕はなぜ、ここに来ればすべてが簡単になると思ったのだろう？

「僕にできるのは、それくらいだ」自分の思いを理解してもらおうと、レックスは彼女の目を真正面からとらえた。「僕はきみと赤ん坊のために最善を尽くしたいんだ」

　ポーシャは彼を見返した。「ええ。それに、ここに来たからといって、私がほかのことに同意したのではないことも、あなたは理解している」

　ただのバリアではなく、有刺鉄線で覆われた堅固なバリアだった。ポーシャは彼に警告していた。まるで、二人が分かち合ってきたものも、二人が直面する未来も大して重要ではないかのように。十年前に二人が負った傷を思えば、彼女が警戒するのも当然だった。それでもレックスはいらだった。子供のために家庭を築くのが最善であることを理解しようとしないポーシャに。

「心配するな、ポーシャ。きみは僕のプロポーズについてどう考えているか、はっきりと言った」初めてのプロポーズを拒絶されたショックは大きいが、レックスはなんとか耐えていた。「家政婦に言って、きみ専用の部屋を用意させた」

　ポーシャの頬に赤みが差したものの、彼女はただうなずいただけだった。

　くそっ！　ベッドを共にするかどうかは彼女が決めることだ。僕は彼女がそうしてくれるよう願うしかない。

　願うだって？　レックスは愕然《がくぜん》とした。僕らしくない。僕はこれまで、目標を設定し、それを達成してきた。警戒心を抱く協力者や投資家を言いくるめることに慣れ、成功を収めることに慣れきっていた。

なのに、ポーシャに関しては……。

「レックス、どうかわかって。私たちの間に誤解があってはいけないのよ」

彼女の疲れたような声に、レックスはバケツ一杯の氷水を頭から浴びせられた気がした。彼女の幸せと赤ん坊の健康以外に重要なことがあるだろうか？それに彼女を説得する時間は充分にある。

彼は顎のこわばりをほぐし、ほほ笑んだ。「きみの言うとおりだ。できる限りはっきりさせておいたほうがいい」歩くよう促しながら続ける。「これで問題は解決だ。さあ、家の中を案内しよう。気に入ってくれるといいが。何か欲しいものがあれば、いつでも言ってくれ」

ポーシャは低くうなるような音を聞き、眠たげに目をこすりながらまぶたを上げた。近くで蜂がピンクの花から飛び出し、ふらふらと彼女の横を飛んでいった。花粉と太陽の光に酔っているのだろう。私に似ている、と彼女は思った。すっかりリラックスしていて、吐き気も消えている。出血もなくなり、ストレスは大幅に軽減されていた。

読みかけの本のページが微風にはためき、頭上ではオリーブの古木が真っ青な空を背景に葉をそよがせている。蜜と、オレガノと思われる刺激的なハーブの香りを嗅ぎながら、彼女は頭を上げ、腕枕をして、青い海と岸に打ち寄せる白い波を眺めた。

まさに楽園だ。信じられないほど美しく、平和だった。ここに来るのをためらった自分が愚かに思える。ギリシアの太陽の下で日増しに緊張がほぐれ、心配事が消えていくのを感じていた。おいしい食事と充分な休息のおかげで。

レックスがしばらく島にいると言ったとき、ポーシャは彼が結婚を迫ってくるものと思っていた。あるいはベッドに誘惑するのだろうと。けれど、そんなことはなかった。

私は明らかに自分の魅力を過大評価していたのだ、とポーシャは自嘲した。

レックスは彼女を歓迎するべき客のように扱った。彼女と親密な関係などいっさいなかったかのように。彼女への欲望がついえたかのように。

それこそ、あなたが望んだことでしょう？　内なる声が問うた。

けれど、気心の知れた友人であるかのように彼女を扱うレックスに、ポーシャは欲求不満に陥っていた。今もまだ、彼への欲望を断ち切れずにいたのだ。

ポーシャは、自分の意思を貫くため、彼との間に物理的な距離を保つ必要があった。

レックスと一つ屋根の下で、それも広大な家で暮らしていると、気が散ってしまうことに、ポーシャはようやく気づいた。

気が散る！　そう、彼女はいつもレックスのことを考え、彼の存在を感じていた。レックスが近くにいると肌がざわつき、彼が触れてくるのを待ち望んでいた。だが、そんなことは起こりそうになかった。

レックスは日中ほとんどの時間を仕事に費やしていたにもかかわらず、昼も夜もポーシャの頭の中を占領していた。レックスは彼女のプライバシーを尊重し、普段は食事のときしか顔を見せず、思慮深くて明るい、魅力的な主人《ホスト》であることを証明した。

ポーシャは食事はもとより、彼と一緒に過ごす時間を楽しみにしていた。深い青の瞳が笑いに輝くのを見るのを。彼が欲しくてたまらなかった。

ふいにポーシャは起き上がり、木の幹に背中をあずけて膝を抱えこんだ。

どうしてこんなことになってしまったの？

私は赤ちゃんのために決断を下すべきだった。けれど、欲望のままに行動しようと決断するたび、彼にプロポーズされていることを思い出してしまう。

結婚なんてとんでもなかった。レックスは私の心を奪い、そして踏みにじった。今でこそ強くなったポーシャだが、彼と人生を共にすると思うと臆病風に吹かれ、感情に翻弄されるのが怖かった。セックスの相性と子供以外に基盤のない結婚など、正気の沙汰とは思えない。なのに、そんな結婚でもうまくいく可能性があるかもしれないという思いが、繰り返し湧き起こり、ポーシャを悩ませていた。

オリーブ畑の向こうで何かが動いた。そちらに目をやると、レックスがいた。

ポーシャの視線は黒いポロシャツとカーキ色の長めのショートパンツに包まれた筋肉質の体に釘《くぎ》づけになった。彼女は震える息を吐き出し、そして吸うと、野生のハーブのしゃれた香りが鼻をくすぐった。彼の魅力に抵抗するのが日に日に難しくなっていた。

「ポーシャ……」レックスはほほ笑んだが、サングラスの奥にある彼の目から感情を読み取るのは不可能だった。「何か飲みたいんじゃないか？」

彼はポーシャの傍らにしゃがみ、携えていたピクニック用のバスケットを開けた。家政婦のアスパシアが用意したに違いない。お約束のワインをはじめ、葡萄《ぶどう》や薄い生地に包まれたかぐわしいチーズ・パイ《ティロピタ》、蜂蜜がかかった胡桃《くるみ》のビスケットが詰められている。彼女は口の中に生唾が湧くのを感じた。

レックスのことより、バスケットの中の食べ物に集中するほうが簡単だった。

「一緒に食べてもいいかな？」

断れるわけがない。ポーシャは手を差し出して応じた。「どうぞ」

彼が景色を眺めながらさっそくティロピタを頬張ったとき、彼女は尋ねた。

「仕事はどう？」

「至って順調だ。イギリスの研究チームとの話し合いで、ちょっとした進展があった」

ポーシャとレックスはそれぞれの仕事についてほとんど話し合ったことがなかった。イギリスでは、二人を包みこんだ情熱の嵐をしずめるのに忙しすぎたからだ。この島では、二人の会話は互いに深入りを避け、一般的な話題に終始した。

けれど、彼のことをもっと知ることにどんな不都合があるというのだろう。ポーシャがどんな決断を下そうと、レックスはおなかの子の父親であり、彼女の人生に関わり続けるのだから。

ロンドンでの彼女が下した決断は、レックスの仕事や家族について詮索するまいというものだった。なぜなら、彼のプライバシーに踏みこむと、二人の距離が縮まり、身の安全を脅かされる気がしたからだ。しかし、今振り返ると、滑稽としか思えなかった。知れば知るほど、彼への理解は深まり、それは自分にとっても子供にとってもいいことだからだ。

何より、ポーシャは純粋に彼のことをもっと知りたかった。「この間ロンドンに来たときに話していたこと？」

「そうだ。ロンドンでの努力が報われたんだ」

レックスがペストリーにかじりつく姿に、ポーシャは魅入られた。男性が食べ物を咀嚼《そしゃく》するという日常的な光景が、いつからこんなにも魅力的なものになったのだろう。「研究者たちとの交渉というのは難しいものなの？」

レックスは肩をすくめた。「まさにそこなんだ。研究者たちの画期的な発明や発見を商品化する企業が決まった場合、研究者たちは自分たちの研究成果が具体的に製品にどう使われるか、慎重に見定めようとする」

ポーシャは顔をしかめた。「研究者たちはあなたが彼らの研究成果を悪用すると考えているの？」

「僕個人や僕の会社ではないが、研究者たちの警戒心は強い。我々は医療機器を製造している。そしてほとんどの医学者は、病に苦しんでいる人々を助けたいという欲求に突き動かされている。ところが、企業が画期的な発見や技術を手に入れ、それを商品化したとき、その恩恵にあずかるのは大金持ちに限られるケースがしばしば生じる」

「そんなの、おかしいわ」彼女は背筋を伸ばした。

「僕もそう思う。だが、僕たちのビジネスモデルは異なる。僕たちは研究チームと強力なパートナーシップを築き、医療分野での画期的な発見・発明の恩恵が広く行き渡るようにしたいという研究者たちの願いに真剣に取り組んでいる。僕たちも相応の利益を上げなければならないが、研究チームには特別な約束をしている。たとえば、全製品の何割かは原価で提供される。あるいは、製品を手に入れることができない世界中の地域社会に寄付する」

「すばらしいわ！」ポーシャは畏敬の念に打たれ、心が温かくなった。

レックスはまた肩をすくめた。「興味深いのは、僕たちの取り組みに、賛同者が殺到していることだ。そのため、我が社の業績は急上昇している」

彼の目の輝きを見、声ににじむ熱意を聞き取り、ポーシャは彼を誇らしく思った。

「どうやって今の仕事に携わるようになったの？　たしかアテネのレストランで働いていると――」

レックスは笑った。「僕はビジネスマンであって、発明家でも研究者でもない。僕が得意なのは、チャンスを見極め、適切なリソースを集めて、それを実現することなんだ」

口で言うほど簡単ではないとポーシャは思った。とりわけ新興企業にとっては、複雑で困難な挑戦に思えた。

彼女がもっと知りたそうに見えたので、レックスは続けた。「僕はさまざまな仕事をしてきた。建築現場やレストランでの仕事に加え、清掃員としても働いた。ほかにもいろいろ。常に少なくとも三つの仕事を掛け持ちしていた。そして、大学の清掃員として働いていたある夜、遅くまで残っていた研究者と関節の話をした」

「関節？」

「その研究者は当時使われていた人工関節よりも長持ちする新しい人工関節を設計したんだ。僕たちは怪我《けが》からの回復について話すようになり、僕は馬を世話していたときの経験に基づいて質問した。人工関節については無知だったが、興味はあった」

彼は常に探究心を持っていた。ポーシャは、彼がクロプリー・ホールの動物たちの世話をしていたことを覚えていた。彼女は、状況次第ではレックスは獣医になっていたかもしれないと思うことがあった。特に馬の世話に関しては、誰にも引けを取らず、父も一目置いていた。

「彼は自分の専門分野について話すのがとても好きだった」レックスはそこで言葉を切った。「その後、僕は父親と出会い、親しくなったとき、父の会社で働かないかと言われた。しかし、母親違いの兄二人もそこで働いていたから、僕は何か違うことをしたほうがいいと思った」

「なじめそうになかったから？」ポーシャはよく考えもせずに言ってしまい、すぐさま悔やんだ。「ごめんなさい。私には関係ないことなのに」しかし、好奇心は募るばかりだった。

「いや、気にするな。みんな、僕を歓迎してくれた。父も、母親違いの兄たちも、姉も。彼らは僕の曾祖《そうそ》父《ふ》が始めた海運業に携わるようにと熱心に誘ってくれた。だが、僕は自力で成功の果実をつかみたかった。恩知らずのように聞こえるかもしれないが」

「そんなことないわ」ポーシャはレックスの誇りと決意、そして勤勉さを思い出した。「お父さんは、あなたの旺盛な自立心を誇りに思っているはずよ」

レックスはうなずいた。「父は反対したけれど、内心では喜んでいたと思う。実際、父は僕に創業資金を提供してくれた。それが始まりだった。その資金がなければ、今の成功はなかった。もっとも、その資金は利子をつけて返したが」

「それで、人工関節から始めたのね？」

「残念ながら、違うんだ。大学側が横槍《よこやり》を入れてきて大手企業と契約を結んでしまった。そこで、僕たちは小規模な事業を始め、その過程で多くのことを学んだ。そして期待以上の成功を収め、今では世界中のトップクラスのチームと協力し、斬新かつ画期的な技術に取り組んでいる」

一語一語にレックスの熱意がこもっていて、ポーシャはうれしくなった。けれど、我が身のことを思うと複雑な気持ちになり、笑みが薄れていった。ずっと望んでいた美術の勉強を始めようとした矢先に妊娠してしまい、少なくとも二、三年は先延ばしにするしかないからだ。

「どうかしたのか、ポーシャ？」

「なんでもないわ。ご家族とは仲がいいのね？」

成人してからきょうだいや親を持つというのは、さぞかし奇妙な気持ちだったに違いないが、ポーシャは彼が羨ましかった。亡き母が恋しい。

「ああ」しばらく考えてから彼は答えた。「だが、時間がかかった。僕のせいで。彼らは義務感から僕に優しくしているのだと思っていた。だが、彼らは辛抱強く接してくれた。今は本当に仲がいい」彼はグラスの飲み物を飲み干してから続けた。「実はきみに話がある。僕の家族に会ってくれないか？」

ポーシャは息をのんだ。だから、レックスはギリシアの親族について話してくれたの？　私の踏みこんだ質問にも答えてくれたのは、そのため？

彼女は身をこわばらせた。ここで静かな休暇を過ごすのと、彼の家族に会うというのはまったく別の話だ。私はまだ、彼の人生に深く関わる準備はできていない。レックスと距離をおこうしている今、彼の肉親に会ったら、事態はより複雑になる。

「〝ノー〟と言う前に最後まで聞いて――」

「あなたは私のプライバシーを守ると約束したはずよ。この平和で静かな場所で」

「もちろん、その約束は守るつもりだ」彼は一呼吸おいて続けた。「実は来週、父の誕生日パーティがあるんだ。この島に着いてすぐに姉のゾーイが電話をかけてきた。僕がアテネにはいつ来るか確かめるために。そのとき、僕は泳いでいたから電話に出られなかった。そこで姉は家政婦に電話した」ばつが悪そうに首を振る。「そうしたら、アスパシアがきみのことをもらしてしまった。それ以来、ゾーイはここに来ると言ってきかないんだ」

ポーシャは驚き、彼を見つめた。「あなたがここに女性を連れてきていると知ったら、お姉さんだってプライバシーを侵害するのはよくないと心得ているんじゃないかしら」

「もちろんだ。だが、ゾーイはここ数年ずっと、僕にパートナーを見つけようと躍起になっていた。だから、じっとしていられないんだろう」

なんてこと！　ポーシャの胃がすとんと落ちた。

「姉は、僕がここに女性を連れてきたことが一度もないことも知っている」

「本当に？」

レックスはサングラスを外した。そのまなざしには温かみがあった。「間違いなく。ここは僕の隠れ家なんだ。この一週間はなんとかゾーイの攻勢をかわしたけれど、きみをアテネに連れてこなければ、ここに押しかけると脅されている。姉は本来、温厚な性格だが、家族のこととなると、がぜん強気になる」彼は苦笑した。「それでしかたなく、こうしてきみに打診している」

「でも、私は部外者よ」

デニム・ブルーの瞳に見つめられ、ポーシャの血がたぎった。もはや彼への欲望を抑えようとするのは徒労のように感じられた。

「きみは部外者じゃない、ポーシャ。僕たちは多くを分かち合っている。結婚しようがしまいが、僕の古くからの友人であることに変わりはない」

「友人というのは互いに信頼し合っているものよ、レックス。最悪の事態を信じて、黙って去ったりしない」心の底から感情がこみ上げ、ポーシャは胸が張り裂けそうだった。「あなたは私を捨てたのよ」

レックスは苦しげにうなずいた。「きみをひどく失望させてしまった」

彼の言葉はゆっくりと、しかし深く、ポーシャの胸に響いた。まるで鐘の音のように。

「僕は自分のしたことを恥じている。僕は愚かな子供で、きみを射止めた幸運を信じることができなかった。僕は自信にあふれていたが、見せかけだった。化けの皮がはがれたとき、自分を欺いていたことに気づいた。言い訳にはならないが、説明にはなる」

彼はそこで間をおき、ポーシャを見つめた。

「すまない。やり直せるものならそうしたい。だが、償いならできる。きみの面倒を見たいんだ」

彼の苦渋の表情にポーシャは胸を締めつけられた。

「きみは僕の子供の母親になる。次のトマラスを宿している。その義務と責任を分かち合いたい」

私の赤ちゃんはオークハーストとして生まれてくる――そう言いかけたが、ポーシャは思いとどまった。詭弁《きべん》にすぎない。

彼女は自分の面倒は自分で見ると言いたかった。けれど、またも思い直し、緊張を解こうとゆっくり息を吐いた。「あなたが正しいと思うことをしようとしているのはわかるわ」でも、それは私にとっても正しいことなのだろうか？

「だったら、来週、一緒にアテネに行こう。すばらしいギャラリーに案内するよ。休息する時間もたっぷりある。僕の家族に会って、ギリシアでの僕の暮らしぶりがいっそう身近に感じられると思う。どのみち、彼らもきみの人生に関わることになる。今、会っておけば、あとが楽になるんじゃないか？」

「みなさん、妊娠のことは知らないんでしょう？」

「ああ。誰にも言っていない。単にロンドンから来た友人として紹介するだけだ。赤ん坊のことは、僕たちがどうするか決めてからにしよう」

ポーシャは決めかねていた。すぐそばに生えているハーブを摘むと、潮の香に満ちた大気にかぐわしい香りが放たれた。

レックスがため息をついた。「きみが行きたくないのなら、無理強いはできない。だが、来週、姉が訪ねてきても驚かないでくれ。部屋に閉じこもって隠れていてもいいが」

ポーシャは硬直した。私は隠れていたわけではない。ただ、静かな場所で考えたかっただけだ。

いいえ、あなたは隠れていた。内なる声が反論した。一週間も無為に過ごし、レックスとの妥協点を見いだせないでいる。彼のお姉さんが来たらどうするつもり？　本当に部屋に閉じこもるの？

レックスは正しい。彼の家族は私にとって重要だ。彼らに会うことは、私が将来どうするべきかを決める助けになるかもしれない。

本当にギリシアへの移住を考えているの？　ポーシャは自問した。結婚も？

彼女はおなかの赤ちゃんのために最良の選択をすることしか考えていなかった。それに、レックスの家族のことが気になっていた。

「わかったわ。アテネに行き、ご家族に会うわ」

10

ポーシャは両手の指を絡め合わせ、すっかり魅了された様子でイコンを眺めていた。

レックスは彼女から片時も目を離せなかった。彼女をこのこぢんまりとした美術館に連れてきたのは、我ながら名案だと思った。ポーシャは心から芸術を愛しているのだ。

「すばらしいわ」ポーシャは感に堪えたようにつぶやいた。

「イコンは様式化されすぎていて、近寄りがたいと感じる人もいる」

目の前の数百年前に描かれた母子像にもそれが感じられた。

「それって、主題に対する畏敬の念を表していると思わない？」ポーシャは異を唱えた。「様式化によってむしろ、母親の優しさが感動的に表現されている。彼女の目や、子供を抱く姿には愛を感じずにはいられない」

レックスは改めてイコンを見直し、驚きを禁じえなかった。彼女の言うとおりだ。一枚の絵画に親子の絆《きずな》をこれほど感じたことはなかった。自分の境遇に重ね合わせているからだろうか。彼は母との関係に問題を抱えていた。

ポーシャがこれほど魅了されているのも、このイコンが亡き母親を彷彿《ほうふつ》とさせるからだろうか？　それとも彼女自身の母性愛を刺激されたからか？

レックスは、ポーシャが赤ん坊を同じように抱く姿を思い浮かべ、うっとりした。しかし、それは一瞬のことだった。

僕はどこにいるんだ？

たちまち胸を締めつけられた。もし彼女の望みどおりにしたら、僕は遠くから子供の成長を見守るしかないだろう。そんなのは絶対にだめだ。どうにかしてポーシャを説得しなければならない。

僕の子供は母親と父親の両方の愛情を身近に感じて育つべきだ。ここ数年、僕は家族愛に包まれてきた。父親を模範にすれば、いい父親になれるだろう。

レックスは、父と一緒に過ごせなかった月日や、二十代まで知らなかった兄や姉のことは、ほとんど考えないようにしていた。考えても苦しくなるだけだからだ。しかし、彼は今、家族のことを踏まえたうえで、ポーシャを説得する決意を固めた。

彼の島に来て十日がたち、ポーシャの血色はよくなり、目の下の隈《くま》は消えかかっていた。

しかしレックスは、彼女の指に指輪をはめるまで、気を緩めてはならないと自分に言い聞かせた。とはいえ、それまでポーシャを自分の家に住まわせるのは拷問に等しかった。彼は夜な夜な、彼女が自分のベッドに入ってくるところを想像していた。

今、レックスは食い入るように彼女の姿を見つめていた。シナモン色の生地にクリーム色の水玉模様をあしらったドレスを着た彼女は、信じられないほど美しかった。ようやくポーシャが動きだすと、そのブルーベルのような魅惑的な香りが漂ってきて、レックスの五感を刺激した。その香りは香水によるものだと思っていたが、彼はポーシャの中から立ちのぼっているのではないかと、ふと思った。いずれにせよ、彼の体は反応していた。

彼女をベッドに連れていきたくてたまらなかった。妊娠がわかったあとも、彼女に対する欲望は募るばかりだった。彼女をベッドに誘い、説得したかった。

レックスは両手をジーンズのポケットに突っこみ、彼女に声をかけた。「そろそろ昼食にしようか？」

ようやくポーシャは絵画からレックスへと目を移

した。「ええ。おなかがすいたわ」

レックスは彼女が朝食をほとんど食べていないことを知っていた。朝は吐き気がすると言って。ランチも食べ物をほとんど口にしない日が何日かあった。だから今、彼女が食事に意欲を見せたことに、ほっとしていた。

「つわりはないのか？」

「今日は大丈夫みたい。ここ二、三日はさほどひどくはなかったの」

「よし、それならランチを大いに楽しもう。いい店があるんだ」

レックスは彼女を建物の外にではなく、屋上に連れていった。

石畳のテラスに出ると、ポーシャは目を見開いた。美術館のある建物は優雅で古いヴィラだった。鉢植えがずらりと並び、その向こうにはカフェがある。何よりもアテネ中心部のすばらしい眺望に、彼女は感動した。

「観光シーズンではないから、静かだ。本格的なレストランではないけれど、気楽な店のほうがいいと思ったんだ」

パパラッチ対策にも有効な場所だった。まもなく、彼がアテネにいて、しかも女性を連れていることが知れ渡るだろう。レックスはポーシャをメディアから守りたかった。そのため、控えめな警備を依頼し、今も警備員が距離をおいて二人を見守っている。おそらくポーシャは気づいていないだろう。

「カジュアルで、しかも完璧だわ」ポーシャは手すりに近づき、雄大な景色を眺めた。植物園と国会議事堂の全景が見え、その向こうにはアクロポリスがそびえ立っている。「ありがとう、レックス」

彼女の笑顔に、心の中で何かが解き放たれ、全身に喜びがあふれた。

ポーシャはまだ結婚する気になっていないかもし

れないが、屈託のない笑顔には何か意味があるはずだ。レックスは、十年以上も前のポーシャに会った気がした。お互いがすべてだった頃の彼女に。たちまちレックスの鼓動は乱れた。

計画どおり駆け落ちを実行していたら、どうなっていただろう。僕たちはまだ一緒にいただろうか？　それとも初恋の情熱は冷めてしまっただろうか？

ギリシアに移り住んでよかったとレックスは考えていた。家族――自分のルーツを見つけ、ビジネスにおいて自分の道を見いだした。もしポーシャとの仲が引き裂かれていなかったら、ギリシアに行くことはなかった。

レックスは、ポーシャがテーブルに着き、メニューを手に取るのを見た。ブロンドの髪を肩に垂らした彼女は、ティーンエイジャーの頃とほとんど変わらないように見える。とたんに、感情の渦が彼を内側から焼いた。

いまだにポーシャは彼に大きな影響を及ぼしていた。彼が面倒を見たかったのは、赤ん坊だけではなかった。彼女を大切に思っていた。一度ポーシャを失望させたレックスには彼女を守る義務があった。独りぼっちの彼女を。

「レックス？」ポーシャが困惑顔で言った。「食事をするの？　それともそうやって考え事にふけっているの？」

三十分後、二人はおなかを満たし、レックスはポーシャがジュースを飲み干すの待って切りだした。

「なぜ美術史なんだ？」

レックスはこれまで、彼女が自分のことを話すのを避けているのがわかっていたので、踏みこんだ質問は控えていた。だが、その障壁を取り除くときが訪れたのだ。

「奇妙な選択だと思う？　でも、あなただって美術愛好家で、多くの作品を所蔵しているわ」

ポーシャに見つめ返され、レックスは眉根を寄せた。「きみはその理由を僕に話すのが怖いのか？」

「いいえ。ただ、個人的なことだから。自分の希望や計画を打ち明けるのに慣れていないのよ」

レックスは身をこわばらせた。同じ子供の父親と母親になるのに、個人的なことは話したくないと？ ポーシャは、二人の関係がセックスだけに基づいていることを僕に思い出させているのだろうか？

彼は落ちこんだ。僕の知っていた明るく太陽のような女性は変わってしまった。以前なら、自分の計画について興奮しながら話してくれただろう。彼女が他人行儀な態度を崩さないのは、二人の関係が壊れたからなのか？ それとも、もっと本質的な何かが原因なのだろうか？ 彼女は自分の中に引きこもってしまった。再会するまでの十年間に何があったんだ？ 彼は身を焼かれるような思いに駆られた。

ポーシャはストローに目を落とした。「知っておいてほしいのだけれど、私はアートの世界でキャリアを積みたいの」

「まだスケッチを続けているのか？」

レックスは突然、ポーシャがよく携えていたスケッチブックを思い出した。彼が仕事を終えるのを待っている間、彼女はよくスケッチにいそしんでいた。春の花。馬の絵。四季折々のクロプリーの風景。顔がうまく描けないと言って、肖像画以外はなんでも描き、どれも巧みだった。

僕はなぜもっと早く思い出さなかったんだ？

何年も前に、彼女を自分の人生から切り離すと決めたからだ。過去にこだわっていては、未来は開けない。僕はほかにどれだけのことをあえて思い出さないようにしていたのだろう？

「いいえ、芸術家を目指しているわけじゃない。そんな才能はないもの。でも、芸術は好きよ」ポーシャは声を落として続けた。「芸術は慰めになる。そう思わない？」

レックスは彼女の真剣なまなざしを受け止め、二人の間の何かが変化するのを感じながら答えた。

「まったく同感だ」彼の芸術への愛着は、父親の個人コレクションに触れたときから始まった。好みは違っていたが、父親と一緒に展覧会やオークションに行くのが好きだった。「だが、創作に興味がないとしたら、きみは……」

ポーシャの顔に警戒の色が浮かんだ。「最終的にはオークションハウスか美術館で働きたいと思っているの。美術品の修復家になろうと考えたときもあった。でも、今は展示の企画・運営《キュレーション》や鑑定に狙いを定めているの」

「ずいぶん専門的だな」

ポーシャはぎこちない笑みを浮かべた。「それって、競争率が高くて仕事にありつく可能性が低いと遠まわしに言っているのかしら？　だとしたら、承知のうえよ」

レックスはかぶりを振った。「夢を追うのはいいことだと、僕は信じている」彼は早くも自分のアートの世界における人脈の活用を考えていた。

彼女はうなずいたあとで尋ねた。「それで今の会社を立ち上げたの？」

彼女はまた話題を自分のことから彼のことにそらした。レックスは彼女のことをもっと知りたかったが、質問に答えようと決めた。自分のことを知ってもらうのも二人の距離を縮めるのに役立つからだ。

「医療技術に携わることが長年の夢だったわけではない。人工関節の研究者に出合ったことで、興味が生まれた。ただ、僕はずっと、自分の運命を自分で切り開きたいと望んでいたんだ。誰かのために働くのではなく」もともと長時間働くのは苦ではなかったが、自分のビジネスを立ち上げる前後ほど、一生懸命働いたことはなかった。

「お父さんのためでもなく？」

「考えてはみた。家族が創業し、代々続いてきた事業に貢献することを想像すると、家族がいることさえ知らなかった男にとって、心躍る思いがした」

レックスは彼女の目を見つめながら、これまで一度もしていないことをしようと決めた。彼女の防護壁を打ち破るために心を開こうと。

「僕は家族をとても大切に思っている。ギリシアを離れたとき、まだ幼かったから、彼らのことを覚えてはいない。けれど、異母きょうだいはみんな年上だったから、僕のことを覚えていた。母が僕を連れて姿を消したとき、ひどく配したそうだ。姉はしばらく夢でうなされたらしい。父は何年もかけて僕たちを捜したが、見当違いの場所ばかりだった」

レックスはオリーブを一つつまんで食べた。その昔、彼は自分の父親は残忍な男で、レックスの母親を追い出したのではないかと考えたことがある。今となっては、妊娠やギリシアでの新たな暮らしによるストレスで、母が心身を病んだのではないかと考えていた。だとすると、ポーシャにギリシアへの移住を提案したのは、無茶だったのだろうか？

とはいえ、それが最良かつ唯一の解決策だと、彼は信じていた。

「レックス？」

「ああ……話を戻すと、なぜ家業に加わらなかったかというと、何かを自分自身に証明しなければならないと感じていたからだ。ただの居候《いそうろう》にはなりたくなかった」

「あなたがただの居候になるはずがないわ」ポーシャは語気を強めた。「クロプリーにいたとき、あなたは稼ぎ頭で、一家を支えていた。特に大叔父さんが弱ってきたときは」

彼女の指摘に、レックスは胸が温かくなった。

「父があなたをぞんざいに扱い、村の人たちにも同じように扱うよう強いたことが、残念でたまらない。さぞかしつらかったでしょう」

「はるか昔のことだし、僕は逃げなかった」確かにつらかったが、そのことが彼の反骨心に火をつけたのだ。「それも僕たちの共通点だ。けっして楽な道を選ばない。きみの目指す道も険しいか、それがどんなに大切かは理解できる」

ポーシャは空っぽのグラスをまわした。「長い間の夢だったから。でも、夢を持つことは大切だと思わない？　私はときどき……」彼女は言葉を切った。

「ときどき、なんだ？」レックスは先を促した。

ポーシャは首を横に振った。「なんでもないわ。それより、明日のパーティについて教えて」

彼女は何を言おうとしたのだろう。なぜ夢がそんなに重要なんだ？　実際の人生が過酷だったから？　ポーシャの父に欺かれ、彼女からいちばん必要とされているときに立ち去ったことを、彼はまたも激しく悔やみながらも、現在に注意を引き戻した。

「アテネの父の家で開かれる。二人の兄とその妻、姉とその夫が来る。それぞれ子供たちを連れて」

「かなりの大人数ね」

レックスは彼女がスカートを直すのを見た。緊張しているのだろうか？「みんな、いい人だ。きみに会いたがっている」

「私のことをどれくらい知っているの？」

「イギリスから来た友人だということくらいだ」

ポーシャはため息をついた。「きっと私たちの間柄を知りたがっているでしょうね」

「ああ。だが、みんな礼儀正しいから、じろじろ見たりはしない。まあ、とりわけ姉は知りたがるだろう。家族での夕食が終わると、ほかの招待客――親戚や友人たちがやってくる」

「まあ！」ポーシャは目を見開いた。「私、フォーマルなドレスなんて、持ってきていないわよ」

　もちろんレックスは解決策を用意していた。彼は名高いブティックに選《え》りすぐりの服をペントハウスに持ってくるよう手配していた。

　ポーシャは唇を噛《か》みしめながら、広い寝室を埋めつくす高価な服の数々を眺めた。わくわくするどころか、気が遠くなりそうだった。

　自分とレックスの住む世界が今やまったく異なることを改めて思い知らされた。

　ポーシャの家は当初は裕福だったが、レックスの裕福ぶりは次元が違う。これほど生活スタイルに隔たりがあるのに、本当のパートナーになれるのだろうか？　結婚したら、私は彼の子供を産むためだけの妻になるのでは？

「どこから始めますか、ミズ・オークハースト？」

「ポーシャと呼んでください」

「わかりました。私はアンジェリーキ」パーソナル・ショッパーはにっこりほほ笑んだ。「イブニング・パーティ用のお召し物をお探しと聞いています。好みはありますか？」

　ポーシャは、パンツやトップスからフルレングスのフォーマルドレスまで、その豊富な品ぞろえに目を見張った。スパンコール、サテン、リネン、ビーズ、フリル、レース――素材も多彩だ。

「シンプルなものがいいわ」ポーシャはそう言ってから、言い添えた。「でも、洗練されたものを」

　裕福な招待客たちと張り合うつもりはない。レックスに新しい目で自分を見てほしかったからだ。ポーシャは、彼の子供を身ごもっている女性という以上の存在として見てほしかったのだ。

　彼女は、レックスが完璧な主人《ホスト》であることにうんざりしていた。欲望の炎が彼の目に燃え盛るのをもう一度見たかった。彼の切迫した欲求が恋しかった。少なくとも性的には、二人は確固たるものを共有しているのだという確証が欲しかった。

アンジェリーキはにっこりした。「私とあなたならできますとも！」

お金のことを考えずに服を選ぶのは楽しい。アンジェリーキにあおられながら、彼女は次々と試着した。そして、二人はそれを見つけた。シルクのドレスを着終えた瞬間、アンジェリーキのため息が聞こえ、ポーシャはこれだと確信した。

姿見の前に立ち、ポーシャは固まった。

シンプルだった。膝のすぐ下までを緩やかに覆うスカートの色を表す名を、ポーシャは知らなかった。紫でも緋色《ひいろ》でも赤褐色でもなく、それらの中間色だった。その深く豊かな色合いは、彼女の顔色をよく見せ、目に独特の輝きを与えた。

細いショルダー・ストラップは、首のラインを囲むように金色のビーズの細い帯でできていて、複雑なスクロールデザインがすばらしい。

「これね」アンジェリーキがささやいた。

「ええ、これだわ」ポーシャはスカートの繊細な素材に手を滑らせた。クロプリーでも美しいドレスを身にまとったことはあるが、こんなのは初めてだ。魅惑的としか言いようがない。

そのとき、鏡の隅に、ドアを開けてレックスが入ってくるのが見えた。彼の視線はポーシャの姿に釘《くぎ》づけになっている。高い頬骨は色づき、鼻孔はふくらんでいた。

ポーシャの五感がいっせいにうなった。

彼女は顎を上げてレックスの視線を受け止め、彼の表情を楽しんだ。

そこには明らかに渇望があった。

ポーシャへの。

11

「弟が女性に夢中になるなんて、初めてのことよ」レックスが夜会服に身を包んで客たちの輪の中心にいるのを見て、ゾーイはいたずらっぽい笑みを浮かべた。「なかなかいい光景だけれど、早く彼を救い出してあげて」

　彼女の言葉には気に留めるべき情報がいくつかあった。ポーシャはまず、ゾーイがレックスのことを〝異母弟〟ではなく、ただ単に〝弟〟と呼んでいるのが気に入った。彼は本当に家族の一員なのだ。

　家族の食事の間、ゾーイの積極性とユーモアにポーシャは心を奪われていた。家族全員が歓迎してくれたが、ゾーイといるときがいちばんくつろげた。

「でも、レックスが私に夢中だというのは、違うんじゃないかしら？」

　昨日、鏡の中で二人の視線が重なったあの瞬間は、とうに過ぎ去っていた。レックスは彼女のドレスを称賛したが、どこかぎこちなかった。

　今夜のレックスは彼女を完璧にエスコートしていた。まるで年老いた大叔母をもてなしているかのようだった。プロポーズの相手ではなく。

　それも当然かもしれない。彼は自分の過去の行いを償い、子供を守るために結婚を望んだのだから。

　これほど多くの億万長者と一緒にいても、ポーシャは動じず、客たちの好奇心にいとも簡単に応えた。自分を哀れむのを、そして傷心をレックスに見せるのを断固として拒んだ。

「わからない？」ゾーイが耳元にささやいた。「あなたが気づいていないときは、彼はいつもあなたを見つめているのよ」

「本当に？」

「ええ、おなかをすかせた犬がジューシーな骨を狙っているみたいに」

ポーシャは思わず笑い、手首のバングルをまわしながら言った。「想像力が豊かね、ゾーイ」

姉は僕に落ち着いてほしいとしつこく言っている、とレックスは言っていた。ゾーイはあるはずがないものを見ているのだろう。

「私が弟さんをとりこにしていると思っているなら、大間違いよ」そう言ってからポーシャは言葉を継いだ。「彼はとても自信に満ちている」

「自分の欲しいものを手に入れるために敢然と行動を起こすという意味なら、そのとおりね。父の助言には耳を傾けるけれど、ここに来た当初から、彼は自分の決断に自信を持っていたわ」

「レックスらしいわ」

彼はいつもそうだった。母が亡くなり、父がますます横暴になったとき、ポーシャの目にはレックスの自信がすごく魅力的に見えた。

あの頃の彼が恋しくてたまらない。

「あなたは気づいていないかもしれないけれど、私にはわかる。あなたは彼にとって大切な人よ、ポーシャ。彼をあまり長く待たせないで」

ポーシャは硬直した。「彼はあなたに何を言ったの？」二人のことは誰にも言わないとレックスは請け合った。結婚のプレッシャーをきみにかけたくないと。それに赤ちゃんのことを人に話すのは時期尚早だとも。彼は赤ちゃんのためにプロポーズしただけなのだから。

ゾーイは首をかしげ、考えこむような表情を浮かべた。何か考えるときのレックスとよく似ている。

「何も言わなかったわ。ただ、彼の島で休暇を過ごしている女性がいると。でも、レックスがあの島に女性を招いたことは一度もないの。しかも、あなたとの関係を詮索するなと釘《くぎ》を刺されたわ」

ポーシャはほっと息を吐いた。

「彼はあなただけにそう言ったの？」

「そのとおり」

ゾーイは笑い、ポーシャもつられてほほ笑んだ。

「本当よ、詮索好きの私以外、うちの家族は誰も思いつかないわ、あなたたちの関係について尋ねるなんて。でも、私だって、そんなことしていない。そうでしょう？」

ポーシャは両手を上げて降参の意を表した。「ええ、あなたは尋ねていない。推測しているだけよ」

「推測？　右のほうを見て。ずんぐりした男性と赤い服を着た女性の隣」

ポーシャは第六感ですでにレックスの居場所を知っていたが、ゾーイの言うとおりにすると、レックスはカップルと並んで立ち、男性の話に耳を傾けているようだが、視線はポーシャに注がれていた。

瞬時にポーシャはやけどをしそうなほどの熱を感じた。一瞬、視線が交差したが、レックスはとっさに顔をそむけて隣の男性に話しかけた。

「ほらね、気のせいじゃないでしょう？　私の弟はミサイルよろしく、あなたにロックオンよ」

ポーシャの胸の頂がとがり、ブラジャーを押し上げた。確かにその視線は女性に取りつかれた男の視線だった。赤ん坊に固執する父親の視線ではなく。

「レックスは口出しするなと言うでしょう。でも、弟は大変な思いをしてきたの。あなたが彼の生い立ちをどれだけ知っているかは知らないけれど、とにかく大変だったのよ」

ポーシャが、レックスの人生のその時期についてはよく知っていると言おうとしたとき、別の女性がやってきて二人に割って入った。

「彼は簡単には人を信用しないし、自分の心をさらけ出すタイプでもない。レックスが私たちに心を開くまでかなりの時間がかかったわ。でもときどき、彼はまだ自分を証明しなければならないと思っているのではないかと感じることがあるの」

ゾーイが言った。「レックスのような過去を持つと、乗り越えるべきことがたくさんある。彼にとって帰属意識はとても重要なの。家族もね」

ポーシャにとっては既知の情報だったが、何も言わなかった。しかし、ゾーイの言葉を聞いて、レックスが背負っている過去がいかに重いか、ポーシャは改めて思い知らされた。レックスはまだ過去の暗い影を引きずっているのだろうか？　まだ家族や帰属意識を切望しているの？

もしそうなら、子供を一緒に育てようという彼の決意は利己的というより、むしろ感動的だった。

「レックスは強い男で、プライドが高い。それを威圧的に感じる人もいるけれど、彼は優しい心の持ち主よ」ゾーイは続けた。「彼の気持ちに応えてくれない人に彼が憧れるのは見たくない」

ポーシャは驚いた。彼の気持ち？　レックスは私のことを赤ちゃんの母親としてしか見ていないと思っていたけれど、そうじゃなかったの？

ほんの少し前の彼の表情……。

彼は私に、欲望以上のものを感じていたのだろうか？　時がたつにつれ、二人の関係が次の段階に進む可能性はあるの？　そして、私にはそれに賭けるリスクを冒す覚悟があるの？

若い頃のポーシャなら、ためらうことなく飛びこんだだろう。恐れずに勇気を持って。

自分にはまだその勇気があるとポーシャは思っていたが、今必要なのは、単に大胆な一歩を踏み出す勇気ではなく、苦境にあっても耐え抜き、立ち向かい続ける勇気だった。

そんな勇気が今の自分にあるかどうか疑わしいが、先ほどのレックスの視線は、再び彼の胸に飛びこみたいと思わせた。チャンスをつかみ、その先に何があるかを見てみたかった。

無意識のうちに左手で腕をさすったとき、ポーシャは幅広のバングルの心地よい重みを感じた。

「それ、好きよ。アンティークでしょう？　すごく特別に見えるわ」

ポーシャはゾーイの明るい瞳を見つめ、左手首のバングルに目を留めた。ペントハウスを出る前にレックスが贈ってくれたのだ。〝ドレスに合うと思い、気まぐれで買ったんだ〟と言って。

深紅のルビーが花の形にちりばめられ純金のバングルは縁に渦巻き模様が施されていて、ドレスの刺《し》繍《しゅう》と完璧にマッチしていた。

ゾーイの反応を見て、ポーシャは確信した。この贈り物は、億万長者の男性が気まぐれに買い求めたような代物ではない。単に自分の子を身ごもっているからといって贈るようなものでもない。「ええ、アンティークでしょうね。気に入っているの」

ゾーイはうなずいた。「レックスから？」

ポーシャは背筋を伸ばした。「ええ、結果的にそうなっただけ。あいにく、私の手持ちのお金では足りなくて」

ゾーイは怪しむそぶりも見せず、意外にも顔をほころばせた。「まあ、そういうことにしておきましょう。そういう事情なら、レックスにとってプレゼント選びは楽だったわね。たいていの男性は苦労しているけれど」

「そうかしら？」豪華なカントリーハウス・ホテルに滞在した週末の旅行は完璧だった。十代の頃、彼がまだお金がなかった頃でさえ、レックスは心のこもった贈り物で私を驚かせ、特別な気分にさせてくれた。「今までもらった中でとても気に入っているプレゼントのいくつかは、レックスからだった」

「そうなの？　ということは、あなたと彼と古くからのつき合いなのね？」

「でも……」ポーシャは慌てて答えた。「あなたが思っているような関係じゃないのよ。長いブランクを経て、つい最近、再会したばかりなの」

ポーシャはすぐに話題を変えた。

「弟さんがお金目当ての女性とつき合っているんじゃないかって、心配にならない？」

ゾーイは鼻で笑った。「あなたはそんな人には見えないし、レックスはそんな間抜けじゃないわ。私は弟を信頼しているの。あなたもそうするべきよ」

彼を信頼する？

レックスのペントハウスに戻るまで、ポーシャはずっとそのことを考えていた。

彼女は迷っていた。我が子のためにレックスのプロポーズを受けたいという誘惑に駆られた。その一方で、本能が引き止めた。自分だけを信頼していたほうが人生は安全だと。

「静かだな、ポーシャ。今夜は退屈だったか？」

「いいえ、楽しかったわ」出会った人たちのほとんどを好きになっている自分に、彼女は我ながら驚いていた。「すてきなご家族ね」

「ありがとう。彼らもきみに好感を持った、間違いなく」

彼の声の温かな響きに、ポーシャはゾーイの言葉を思い出した。〝彼にとって帰属意識はとても重要なの。家族もね〟

「特にあなたのお姉さんが好きよ」

レックスはうなずいた。「二人が額を寄せ合って話しこんでいるのを見たよ。きみは笑っていたから、もう大丈夫だと思った」

「助けてもらう必要はなかったわ」

「わかっているよ。自分の面倒は自分で見られる。そうだろう？」

ポーシャは顔をしかめた。レックスは失望しているのだろうか。私に助けを求めてほしかったの？　彼は傷ついたかしら？

その考えは彼女の息を奪った。それは彼女がありえないと思っていたレベルの感情移入を意味したからだ。「お伺いしてよかったわ。私たちの子供にはおじさん、おばさん、おじいちゃんがいて、いずれはいとこたちと一緒に遊べるようになるのね。すばらしいわ」

「きみが妊娠していることを知ったら、みんな大喜びする。僕もきみも、子供の頃、きょうだいがいなくて寂しい思いをした。僕たちの子供はそんな寂しい思いをしなくてすむと思うと、うれしいよ」

彼の言葉が胸に染み、ポーシャの喉がつまった。もしレックスが赤ちゃんに背を向けていたら、私の子供はそんな幸せは望めない。それに万が一、私の身に何かあったとき、ほかに子供を育ててくれる人がいなかったら……。

顔から血の気が引き、ポーシャは手のひらでおなかを覆った。赤ちゃんをかばうように。

なぜかレックスは彼女の苦悩を察したらしく、温かな手で彼女の手を包みこんだ。「大丈夫、なんの心配もない。約束するよ」

ポーシャは胸を締めつけられた。彼だけでなく、そんな約束は誰にもできないと思いながらも、彼女は安心感を覚え、彼の手を握り返している自分に気づいた。

だめよ、感傷に浸っていては！　ポーシャは手を引き抜いた。「ちゃんと両手でハンドルを握って」

「はい、奥さま《マーム》」

レックスが笑い、その瞬間、すべてが変わった。ポーシャの自制心は砕け、心が解き放たれた。彼の笑い声は太陽の恵みさながらで、悲しみのあとの喜び、寒い夜のホットチョコレート、そして彼女の脚の付け根を撫《な》でる手のようだった。

このところ、彼女は心ひそかに、会話や気遣い以上のものをレックスに求めていた。そして今、彼はあらがいがたいセクシーな笑いで、彼女を解き放ち、渇望の塊に変えた。

ポーシャは脚の付け根のうずきを和らげようと身をよじった。しかし、シルクが肌をこする感触にかえって興奮し、逆効果になった。

暗い高級車の中で閉所恐怖症のような状態に陥りかけたとき、車は地下駐車場に入り、ポーシャは安《あん》堵《ど》の吐息をもらした。まもなく夜は終わり、私は自分の部屋に入って安全を確保できる……。

けれど、彼女は安全を望んでいなかった。

数分後、レックスは彼女を専用のエレベーターに導いた。そのとき、ポーシャは再び見た。鏡張りの壁に映るそれを。胸のふくらみと脚の付け根に火をつける、彼の熱烈なまなざしを。

はっとしてポーシャは振り向いた。しかし、レックスはすでに無表情の仮面をつけていた。

彼女は言わずにはいられなかった。「あなたは私を求めているのね」

レックスは目を見開き、顎をぐいと上げた。

「なぜニュースでも読むように言うんだ？　わかっているくせに。だが、心配するな。僕はきみと距離をおくと約束した。そして僕は約束を守る男だ」

レックスは自分の気持ちを隠すのが上手なだけだったのだ、とポーシャはようやく悟った。彼はもう私を欲していないのではないかと悩み、子供の将来を決めるという重大な問題から目をそらしていたのだ。

なぜなら、最も賢明な解決策をすでに知っていて、怯《おび》えていたから？

愛がないまま一歩を踏み出すのが怖かったから？

エレベーターのドアが開いたが、レックスは動かずに黒い眉をひそめて彼女を見つめた。「まだ僕を信用できないのか、ポーシャ？」

彼女は深呼吸をした。かつては誰よりもレックスを信頼していた。しかし、彼は私を信じず、何も言わずに立ち去った。私の世界は粉々に砕け散り、傷が癒えるのに長い時間を要した。

そして、彼の心からの謝罪が助けとなって立ち直り、今の自分に満足している。しかし、再び二人の人生が交わったことで、私は怖くなった。また誰かに依存する人間になるのではないかと。そんな傷つきやすい人間には二度となりたくなかった。

けれど、レックスへの思いを胸の奥底に閉じこめるには遅すぎた……。

ドアの閉まる音がした。それでもレックスは、彼女の返答以外はどうでもいいかのように、その場を動こうとしない。彼の挑戦的な表情がしだいに苦悩の表情へと変わっていくさまを見て、ポーシャは手を伸ばし、夜会服の下に滑りこませた。たちまち手のひらは熱に包まれ、彼の重い鼓動を感知した。

「私はあなたを信頼しているわ、レックス。そうでなかったら、私はここにはいない」

「それで？」レックスの目が彼女の目をとらえた。

ポーシャは震えた。彼は私の屈服を望んでいるのだ……。「レックス、私はあなたを信頼している。もう一度ベッドを共にしたい、私は――」

次の瞬間、彼はポーシャの唇を奪った。

優しいキスではなく、暗く激しい情熱のこもったキスだった。レックスは彼女の体も欲望も熟知していた。たとえば、彼女が無我夢中で懇願し、必死に彼を求めるようになるまで、どんなふうにキスをすればいいか。

ポーシャは、二人が情熱を共有しているのを感じた。レックスを思いきり抱きしめると、彼の強い体に興奮の震えが走るのがわかった。

レックスが顔を上げて彼女の目を見たとき、ポーシャは自分がまだ立っていられることに驚いた。骨までとろけているにもかかわらず。もちろん、彼が力強い腕で支えてくれていたからだ。二人の体は胸から腿まで密着し、彼女の脈拍は跳ね上がった。

「僕がきみを心から求めていることを、本当に疑っていたのか？」

「ええ、そうよ。あなたが女としての私に興味を失ったと思った」

一瞬、彼は当惑顔になったが、すぐに口元をほころばせた。「興味を失った？　僕の宝物《クリシー・ムー》、まったくきみという人は。信じられない」

「たぶん、妊娠のせいで頭が混乱していたのかも」

加えて、不安と欲望が彼女の頭を曇らせていた。

「きみが欲しくなくなるなんて、ありえない」

その言葉はポーシャの胸に刺さった。彼が話しているのは肉体的な欲望であって、愛ではないが、今はそれだけで充分だった。

「今すぐ、きみの生まれたままの姿を見せてくれ」

「ええ、喜んで」

レックスはエレベーターの開ボタンを押し、彼女の手を引いて白い大理石の廊下を進み、彼の寝室に向かった。しかし、ポーシャの欲望はあまりに強く、寝室はあまりに遠かった。

彼女は足を止めた。「もう待てない」

レックスがほほ笑むと、ポーシャの心臓が跳ねた。彼は無言でいちばん近い部屋に入り、彼女を柔らかなスエードの大きなソファにいざなった。

「僕も待ちたくない」

レックスは彼女の手を握ったままソファの真ん中に座り、空いている手でズボンのベルトを引き抜き、ファスナーを下ろした。その様子をポーシャは興奮しながら食い入るように見ていた。全身がほてり、脚の付け根が潤んでいく。彼女の体はレックスを激しく求めていた。

「ポーシャ……」

その呼びかけは半ば命令、半ば懇願に聞こえた。ポーシャは顔を上げ、彼の目を見た。そこにある熱望と信頼は彼女の胸に希望の火をともした。何が起ころうと、二人は強い絆《きずな》で結ばれているのだ。

彼の熱い視線を感じながら、彼女はスカートをたくし上げ、湿ったレースとシルクを引き下ろした。レックスの荒い息遣いが彼女の耳元で響く。彼の興奮ぶりはますますポーシャを高揚させ、その熱を帯びた視線は彼女を大胆にさせた。

スカートをたくし上げたまま、ポーシャは彼の膝の上にまたがった。

「ポーシャ……」再びレックスの口から彼女の名がもれる。その声はかすれ、彼女の心を震わせた。

ポーシャは硬い欲望のあかしに向けて少しずつ体を沈めながら、彼の肩をつかんで唇にキスをした。そのキスは限りなく優しく、約束に満ちていた。

レックスの手が彼女の背中を、むき出しになったうなじを撫でる。それから、ドレスの下に移ってヒップをつかんだ。そしてポーシャの体を持ち上げては下ろし、下ろしては持ち上げた。何度も何度も。

奇跡としか言いようのない快感が二人を襲う中、ポーシャのあらゆる疑念が消え去った。重要なのはこのこと――私と彼が一緒にいることだけ。そう思うなり、快感がますます募り、彼女はあえいだ。

「今だ、クリシー・ムー。今だ！」

ついにポーシャはのぼりつめ、めくるめく世界へと飛んでいった。この瞬間、彼女はレックスであり、彼はポーシャだった。

12

翌朝、レックスは口笛を吹きながら朝食を用意していた。ポーシャはまだ寝ている。何時間も愛し合っていたせいだ。誰が彼女を責められよう？

一方、いつものように早い時間に目覚めた彼は、すばらしいセックスの満足感と同時に、高揚感を覚えていた。二人の関係はいい方向に進んでいると。

昨夜は何か重要なこと、セックス以上のものを感じた。あなたを信頼しているとポーシャが言ったとき、僕は胸の内で湧き起こった感情の深さに圧倒された。

そして今、自分の望みは手の届くところにあると確信していた。ポーシャと一緒に赤ん坊を育て、家族をつくるという望みが。彼女がまだ渋っているようなら、自分の体を使って説得するつもりだった。

朝食のトレイを持って寝室に行き、ドアを押し開けると、バスルームから出てきた彼女が、顔を紅潮させた。彼のシャツを羽織っただけの姿に、レックスはたちまちベッドに押し倒したくなった。

「シャツを勝手に拝借してごめんなさい。シャワーを浴びたあとに昨日のドレスは着たくなかったの」

レックスはトレイをベッドの端に置くと、彼女に歩み寄り、独占欲もあらわなキスをした。「僕のワードローブにあるものなら、好きにしてくれ。実のところ、僕よりずっと着こなしが上手だ」セクシーな声で続ける。「きみの服を処分して、常に僕の服を愛用してもいい」

ポーシャのたてた笑い声は彼の心を浮き立たせた。

「さあ、ミズ・オークハースト、きみの好きなパン屋のできたてのチーズ・パイ《ティロピタ》を買ってきたよ。熱いうちに召し上がれ。ベッドに座って」

　ポーシャは、塩気の強い食べ物のほうが吐き気を抑えるのに適していると気づき、薄焼きのティロピタを好んで食べるようになっていた。

　しかし、ポーシャはベッドに向かう代わりに、彼の手を強く握った。「レックス、考えていたことがあるの」

　彼は固まり、彼女の顔をのぞきこんだ。

「あなたの言うとおり、結婚すれば、私たちの赤ちゃんはいいスタートを切れると思う。だから、私と結婚してくれる？」

　予想外の言葉に、たちまちレックスの心は舞い上がった。「もちろんだ！　結婚しよう、ポーシャ」

　レックスは拳を振り上げたかった。だが、彼女はさほど喜んでいるようには見えない。

　ポーシャはまだ二人の結婚に疑問を抱き、警戒しているのだろうか？　かつて彼女を失望させた僕のせいに違いないが、気に入らない。僕たちは尊敬の念と共通の目的、そしてもちろん魅力に基づいた結婚をする。そのどこが問題なんだ？

　彼はそっと彼女にキスをした。彼女の顔を包みこみ、親指で頬を優しく撫《な》でると、彼女がキスを返してきた。レックスの緊張は解けていった。

「ありがとう、ポーシャ。きみの信頼に必ず応えてみせる。きみと僕たちの子供を幸せにするためなら、なんだってする。僕たちの家族のために」

　幼い頃に僕が得られなかった愛情を子供に授け、僕は最高の父親になる。そして、学ぶべきことはたくさんあるが、最高の夫になるのだ。

「昨夜会ったばかりなのに、僕の家族はきみのことが大好きになった。彼らはこの大ニュースに大喜びするよ、間違いなく」僕ほどではないだろうが。

　レックスはこのニュースをアテネ中に向かって叫びたかった。

「ただ……」ポーシャが眉間にしわを寄せ、言いよどんだ。「ご家族に知らせるのは少し待ちたいの」

「待つ？　なぜ待つ必要があるんだ？」結婚は早ければ早いほどいい。彼女の指に指輪をはめ、結婚証明書を手にするまでは、安心できない。

「座りましょうか？」

ポーシャは彼をベッドにいざない、腰を下ろした。レックスはベッド脇の小さなテーブルを引き寄せ、そこにトレイを置いた。「食べながら話せばいい」

ポーシャは紅茶を一口飲み、ティロピタを一口食べた。この瞬間も彼は彼女と愛し合いたいという衝動に苛《さいな》まれていて、彼女を見ないよう顔を窓のほうに向けながら尋ねた。

「なぜ先延ばしにしなくてはならないんだ、ポーシャ？　僕たちの間にはもうなんの問題もないのに」

彼女はマグカップを置き、肩をすくめた。「婚約をご家族に話すのは、六週間待って」

「六週間？」レックスには途方もなく長く思えた。彼女はすでに妊娠二カ月だった。

ポーシャはうなずいた。「その間に私はロンドンに戻って働くわ」

レックスは顔をしかめた。「僕と一緒にいたくないのか？　僕はきみの夫になるつもりだ。きみと一緒にいて、きみと赤ん坊の面倒を見たいんだ」

ポーシャが身をこわばらせたのを見て、レックスはいぶかった。僕が彼女と子供の世話をするのが気に入らないのか？

「それが私の条件よ、レックス。しばらくは普通の生活を続けたい。もし六週間後に何も問題がなかったら、あなたの島、あるいはアテネに戻り、ご家族に結婚のことを話しましょう」

レックスは呆然《ぼうぜん》として彼女がティロピタを食べるのを見つめた。そして、昨夜ポーシャがその口をどのように使ったかを思い出した。

突然、彼は思い当たった。彼女は流産の可能性について考えているのだと。もし赤ちゃんがいなくなれば、結婚する必要はない、と。

レックスは腹に強烈なパンチを見舞われたようなショックを受けた。

「ポーシャ、きみは若く、健康だ。医者も太鼓判を押していた。最悪の事態を想像する必要はない」

「妊娠に絶対的な保証はないのよ、レックス」口調こそ穏やかなものの、ポーシャの声には不安がにじんでいた。「お医者さまでさえ、確証は持てない。だから待ちましょう。急ぐ必要はないわ」

レックスはゆっくりと息を吐いた。「わかった。あと一カ月もすれば、妊娠十二週目に入る。何か問題が起こる可能性が最も高い時期だと、どの本にも書いてあった」

「本を読んだの？」

不本意そうにレックスは顔をしかめた。「もちろんだ。子育ての本も読み始めた」

ポーシャはうなずき、お茶をつぎ足そうと背を向けた。「それでも六週間は欲しい。すべてがうまくいったら、あなたの好きなように話していいわ」

レックスは決意を固めた彼女の横顔を見た。「わかった。だが、僕にも条件がある」

ポーシャは茶色の目を大きく見開き、カップの縁越しに彼を見た。

「まず、ロンドンで職場に復帰するなら、あと一週間、僕の島で充分に体を休めてからにしてくれ」

ポーシャは短くうなずき、唇に小さな笑みを宿した。「その条件なら、のめるわ」

「よし。その間、僕はきみのそばにいる」

「私がちゃんと休んでいるか監視するため？」

目の輝きから、ポーシャもまた二人が過ごした夜のことを考えているのだとレックスは察した。

彼が答える前にポーシャは続けた。「それで、ほかの条件は？」

「あと一つ。僕もロンドンに行き、きみと一緒に暮らす」

「でも、私は小さな共同アパートメントに住んでいるのよ？」

「今、僕たちはカップルなんだから、問題ない」

だが、ポーシャは拒んだ。「だけど、あなたの仕事の拠点はアテネでしょう」

「僕はすばらしいチームに恵まれているから、事実上どこでも仕事ができる。それに、知ってのとおり、僕はイギリスに関心を持っている。そこで提案だ。どこか――きみの職場になるべく近いところに家を借りよう。来週は僕の島で過ごし、そのあとは五週間ロンドンに滞在する。僕と一緒にね。その間、きみが産科医の完璧なケアを受けられるよう、僕が手配する」

ポーシャはカップを置き、彼に向き直った。「そこまでしてくれるの？」

レックスは彼女の手を握り、親指で柔らかな肌を撫でた。「必要なことはなんでもするよ、ポーシャ。信じてくれ。もう絶対に失望はさせない」

ポーシャが小さく身を震わせたのを感じ、レックスはそれが同意のサインだと確信した。ついに彼女の信頼を勝ち得たのだ。その事実はなぜか、彼女が結婚に同意したことより重大に思えた。

「よかった。その誓いを守ってね」

「もちろんだ。これで合意に達したのだから、あとは契約を結ぶだけだ」

ポーシャは眉をひそめた。「握手で？」

「この状況では、キスのほうがふさわしい」

そして、二人は熱烈なキスを交わした。

すべて順調だった。順調すぎるほどに。

五週間は幸せと安らぎに包まれて過ぎていった。

レックスの島での最後の一週間は、まさに天国だった。レックスは優しく、情熱的で、ポーシャは彼との結婚を決意したのは正しかったと確信した。

至福の日々はロンドンでも続いた。レックスはオークションハウスから歩いて十分もかからないメイフェアの一画に庭付きのすばらしい家を見つけた。レックスは仕事を早めに切り上げ、夜はポーシャと過ごし、ときには高級レストランやギャラリーに連れていってくれた。夜は情熱で満たされ、彼女は十代に戻ったかのような錯覚に陥りさえした。

ポーシャのつわりもおさまり、妊娠十三週と二日目の今日まで、何もかも順調だった。なのに、ポーシャは落ち着かず、肩甲骨の間に感じていた緊張からくる凝りは痛みを覚えるまでになった。

今週末、レックスは家族にポーシャの妊娠を報告するつもりでいて、すでに婚約指輪の話をしていた。モダンなものがいいのか、アンティークなものがいいのか。ダイヤモンドか、それとも違う宝石か。

ポーシャは片方の肩をまわし、ムサカ用のベシャメルソースをかき混ぜながら、その凝りを意識していた。夕食をつくることにしたのは、ほとんど外食かテイクアウトの利用だったので、手料理を振る舞うのは格好のサプライズになると思ったからだった。

ソースができ、ポーシャは火を止めた。そしてソースをムサカにかけていたとき、手元がおぼつかなくなり、熱いソースがカウンターと彼女の手に大量に飛び散った。

ポーシャは唇を嚙《か》んだ。料理はもうやめたほうがいいかもしれない。バスタブに湯を張って、ゆっくりつかったらどうかしら？

けれど、何か頭を使うことをしたかった。

婚約まであと五日。

大丈夫に決まっている。以前、人生の歯車が狂ったことがあったけれど、今回は違う。

でも、もしだめだったら？

凝りが背中にかけて広がり、腹部の筋肉が痙攣《けいれん》しだした。彼女は息をのみ、おなかに手を当てた。ゆっくりと深呼吸を繰り返す。三回目にアイランドキッチンのスツールに座り、息を整えると、痙攣はおさまった。しかし、今度は寒気に襲われ、髪の生え際がちくちくして熱くなった。尋常ではないくらい鼓動が速くなり、体が震えだす。

冷静になるのよ。ポーシャは自分に言い聞かせた。大丈夫、大したことじゃないわ。

「ポーシャ？　帰っているのか？」

レックスは家の奥に向かって呼びかけた。

今夜は外食するつもりで彼女の職場に誘いの電話をかけたが、彼女は早退したと言われた。彼は何も聞いていなかったので、驚いた。この数週間、二人はすべてを分かち合っていた。彼は廊下を歩きながら首をかしげた。美容院にでも行ったのだろうか。

しかし、第六感が警告を発した。最近、彼女は何か考えているようだった。追いつめたくなかったので詮索はしなかったが、セックスの最中も、彼女がときどき気がそぞろになる瞬間があるのを感じていた。

僕との結婚に不安を抱いているのか？　冷たいものが彼の心臓をわしづかみにした。

キッチンに入ったとたん、レックスは固まった。ポーシャはスツールに腰を下ろし、白い手でカウンターの縁を片手でつかんでいる。もう一方の手はまだ平らな腹部に添えられていた。

数秒後、我に返り、レックスは彼女の背中に腕をまわし、もう一方の手をおなかに添えられた彼女の手に重ねた。心臓をばくばくさせながら、彼は声を絞り出した。「どうかしたのか、僕の宝物《クリシー・ムー》？　具合が悪いのか？」

「いえ、大丈夫。ちょっと動きすぎたのかも」

レックスは調理器具や大きな皿を見やった。だが、それより彼女が震えているほうが気になった。

「もっと楽な場所に移ろう」

「ムサカをオーブンに入れないと」

「それはあとでいい。まずは落ち着こう」

彼はポーシャを抱きかかえ、階段に向かった。

「寝室には行かないわ」彼女の声は鋭かった。「居間に連れていって。お願い」

彼はポーシャをそこへ連れていき、肘掛け椅子に座らせようとした。しかし寸前で気が変わり、彼女を抱いたまま自らそこに腰を落ち着けた。

数日前から何かがおかしかった。こうして抱いていれば、その原因を突き止められるかもしれない。

ポーシャは彼の腕の中でおとなしくしていた。レックスの不安は少し和らいだが、彼女が何か思い悩んでいるのは間違いなかった。

「何があったか、言ってくれ」

ポーシャは震える息を吐き、かぶりを振った。その拍子に柔らかな髪が彼の顎をくすぐった。

「なんでもないわ」

レックスは彼女の顔をのぞきこんだ。「お互いに心を開いたはずなのに、きみは今、僕を締め出した。明らかに何かおかしい。僕のせいなのか？」

「いいえ、そうじゃない」その声は切迫していた。

彼の胃がよじれた。「赤ん坊のせいか？」

ポーシャが身をこわばらせ、彼の不安を裏づけた。

「痛みがあるのか？」

彼女は首を横に振った。「赤ちゃんは元気だと思う。つい数時間前、お医者さまがそう言ったわ」

ポーシャは僕に黙って病院に行ったのか？　僕の知らない何かが起きているのか？　レックスは胸を締めつけられ、彼女を抱き寄せた。

体の震えが止まり、ポーシャは彼に寄り添った。

「何があったのか、教えてくれるかい？」

「ごめんなさい」ポーシャは少し身を引き、背筋を伸ばした。「私はなんでもないことを心配しているだけ」

「だったら、なおさら知りたい」

レックスは彼女の顎を優しく撫でた。彼女の青白い顔の中で、目だけが異様に輝いている。まるで恐怖に取りつかれているようだった。彼女を抱きしめて、もう大丈夫だと言いたかったが、それ以上に彼はすべてを理解する必要があった。

「話してくれ、ポーシャ」

一瞬ののち、彼女はためらいがちに切りだした。

「妊娠の経過は順調だし、何もかもうまくいっている。でも、いくら自分にそう言い聞かせても、怖くてたまらないの。今日は妊娠十三週と二日目。最初の子を……亡くした日なの」

13

ポーシャは何を言っているんだ？　レックスが彼女の言葉を理解するのに、しばらく時間がかかった。最初の子を亡くした？　僕たちの子供を？

彼は長い間、彼女の悲痛な表情を見つめることしかできなかった。やがて気を取り直し、かすれた声で尋ねた。

「きみは前にも妊娠したことがあったのか？」

ポーシャはぎこちなくうなずいた。

「きみは妊娠していたのか、十七歳のとき？」

彼女の言いたいことはすでに明らかなのに、レックスは確かめずにはいられなかった。

あまりにも衝撃的だった。

「そして、きみは流産した、僕たちの赤ん坊を」

それはもう質問ではなかった。

ポーシャは下唇を震わせ、うなずいた。

「僕の宝物《クリシー・ムー》」レックスは身を乗り出し、彼女の髪にキスをした。「本当にすまない」

僕たちの最初の子供は死んでしまった。ポーシャの大きな茶色の瞳と強さを持っていたに違いない子供が。生きていれば、幸せな十代の少年か少女になっていただろうに……。

レックスは再び彼女の顔をのぞきこんだ。「何があったんだ？」

ポーシャは一瞬ためらったあとで答えた。「突然だった。なんの前触れもなく。お医者さまは、けっして珍しくないと言っていたけれど」茶色の目が泳いだ。「私は複数の仕事を掛け持ちし、自活しようとしていた。赤ちゃんが生まれたら、出費がかさむとわかっていたから……」

十代のポーシャが一人でその問題に直面している姿を想像し、レックスは胸が張り裂けそうになった。

「私は厩務員《きゅうむいん》として働いていた。長時間の肉体労働。でも、妊娠がわかってすぐに乗馬はやめたの。夜はスーパーマーケットの棚に商品を並べる仕事。なんの資格もなかったから、肉体労働にしか就けなかった。それに、あの父がいる家に帰るのはまっぴらだった」

レックスの心は凍りつき、砕ける寸前だった。

おまえはどこにいたんだ、レックス？　内なる声がなじった。彼女の父親の嘘《うそ》に引っかかり、彼女一人に重荷を背負わせて？

「たぶん、働きすぎだったのね……」

「きみのせいじゃない！」レックスは彼女の顎をつかみ、自分のほうに顔を向けさせた。「自分を責めてはいけない。きみは僕たちの赤ちゃんのために全力を尽くしていたのだから」

僕たちの赤ちゃん……。また失ったらと思うと彼は一瞬パニックに陥ったが、かろうじて踏みとどまった。

「でも、もし――」

「医者は珍しいことじゃないと言ったんだろう? 誰のせいでもない」

それでも、心の傷は永久に残る気がした。ポーシャが今回の妊娠に神経質になっていたのも無理はない。落ち着くまで妊娠したことを誰にも言わないでとポーシャは訴えた。すぐに結婚するのではなく、いったん仕事に戻ると頑《かたく》なに言い張ったのも、流産を心底恐れていたからだ。

レックスの胸に鋭い痛みが走った。

十三週と二日。その日が頭にこびりついているから、家族に話すのは十四週目以降と指定したのだ。

そしてここ数日、ポーシャは彼女らしくなかった。不安でたまらなかったのだろう。

「ああ、ポーシャ、僕に言ってくれればよかったのに。今日、医者はなんと言っていたんだ?」

「危険の兆候はなく、すべて順調だと」

レックスは安堵《あんど》した。「よかった」

「でも、お医者さまの言葉が保証になるわけじゃないわ」

「そうかもしれないが、トラブルの兆候がないのなら、僕たちにできることは、一日一日を大切に過ごすことだけだ」陳腐な言葉だと思いながらも、レックスはポーシャが怯《おび》えているのを見るのは耐えられず、何か言わずにはいられなかった。

「ええ、わかってる。努力しているわ」

「もちろんだ、クリシー・ムー。今回は僕がそばにいる。それを忘れないでくれ。きみは一人じゃない」

十代のポーシャが味わった恐怖を想像して後悔と罪悪感に駆られながら、レックスはポーシャを力いっぱい抱きしめた。

しばらくして落ち着いた声が出せるようになると、レックスは尋ねた。「どうしてもっと前に言ってくれなかったんだ、ポーシャ？」

私はもしかしたら、口に出すことでそれが現実になるという迷信じみた考えに取りつかれていたのだろうか。いえ、違う。私は迷信など信じない。

「考えたくなかったの。それに、心配するのは私一人で充分よ。あなたに心配をかけたくなかった」

レックスはかぶりを振った。「僕たちはもう夫婦同然なんだよ、ポーシャ。僕が解決できるとは限らないが、悩みを一人で抱えこむのはよくない」

しかしポーシャは、流産の経験を打ち明けたあとで彼が打ちひしがれるのを見た。彼が、今おなかの中にいる赤ちゃん、そして失った赤ちゃんのことを気にかけているのは間違いない。

そんなこと、あなたはずっと前からわかっていたはずよ。心の声が指摘した。彼がしていることはすべて赤ちゃんのためだって。

ポーシャは後悔の念を押し殺した。彼にとって、私はいつも子供より優先順位が低い存在だと気に病むなんて、おこがましい。結婚に同意したとき、私はそれを受け入れたのだから。かつてのように彼に愛されているなどという幻想はもう抱いていない。

それでも、自分の心の奥底にある不安を打ち明けたことで、ポーシャは少し気が楽になった。レックスの反応を見て、彼も似た感情を抱いていることを知り、彼女の中の何かが和らぎもした。彼の強さと情熱で傷ついた心を癒やしてもらうだけでもいい。

「ありがとう、レックス。あなたの言うとおりよ。打ち明けるだけでも気持ちが楽になる」

「ずっと前に、子供のことを知っていれば……」

ポーシャは背筋を伸ばして座り直し、少し彼と距離をおいた。もし赤ん坊のことを知っていたら、レックスはそばにいてくれたかしら？

もちろん、彼はそうしただろう。けれど、彼の言葉は、若くして予期せぬ妊娠に直面したときに感じた恐怖を呼び覚ました。「携帯電話は結局、戻ってこなかった。でも、あとで電話をしたのよ。けれど、あなたは出なかった」

レックスの顔がゆがんだ。「きみを責めているんじゃない。きみを失望させたのはわかっている」

私が妊娠を知らせようとしなかったとレックスがつかの間でも想像したことに、私がどれほど傷ついたか、彼はわかっているのだろうか。

彼女の傷心を読み取ったのか、レックスはすぐに謝った。「すまない、ポーシャ。僕は若かったし、自尊心が強く、傷ついていた。一瞬でもきみの父親の嘘を信じた僕は愚か者だった」

彼よりも若かったポーシャは、すべてを捧《ささ》げた男性が自分のことを信じていなかったことに気づくのに時間がかかりすぎた。

そこが二人の決定的な違いだった。ポーシャは心から彼を愛し、彼に去られたあとも、何年も恋い焦がれていた。しかしレックスは、自分では私のことを愛していると思いこんでいたかもしれないが、ただ単に欲情していただけなのかもしれない。

「きみのもとを去ったことが悔やまれてならない。きみは僕が心から信じた最初の人だった。だから、偽のメールにだまされて、きみが僕を弄んでいるだけだと思ったとき、立ち去るしかなかった。ひどいことをしたのに、再会したとき、きみが僕の誘いに応じてくれたことに驚いたよ」

「私も同じ」レックスには二度と関わるまいと思っていたのに、根深い憧れにあらがえなかったのだ。彼と関われば、再び傷つくとわかっていたのに。

いい加減に認めなさい！　内なる声が諭した。あなたはあまりにも長い間、目をそむけてきた。愛から。彼を愛しているという事実から。

レックスはあなたの人生に戻り、自然な流れであなたとベッドを共にすることになっただけ。そして、妊娠し、あなたは彼のところに行った。一人で対処できなかったからではなく、彼とやり直したかったからよ。

彼が愛しているのは赤ちゃんであって、あなたではないとわかっていても、あなたはもう彼から離れることはできない。そうでしょう？

あなたは彼と結婚し、最高の結婚生活を送ればいいのよ。レックスはいい人よ。思いやりがあり、誠実で、情熱的。彼に愛されないことを気に病む必要なんてないのよ。

ポーシャはあふれる涙を隠すように、目を伏せた。

「クリシー・ムー」

彼の声が震えているのに驚き、ポーシャは激しく目をしばたたき、顔を上げた。彼は憔悴《しょうすい》しきっているように見えた。

「そんな顔、しないでくれ、ポーシャ。きみが僕と結婚して後悔するようなことは絶対にないと約束する。きみを幸せにするためなら、なんでもする。きみと僕たちの子供のために」

そう、レックスの最優先事項は私たちの子供なのだ。けれど、我が子を大切に思う彼を責めることはできない。彼はすばらしい父親になるだろう。

では、私には世話を焼いてくれる人は必要ないのだろうか？　私が求めていたのはパートナーだ。対等な人。分かち合える人。

ポーシャは分別を持ち、現実的であろうとした。

「僕に償いをさせてくれ、ポーシャ」

不完全な結婚でも、愛する人と一緒にいられるのなら、それでいい。しかも、私たちの子供は安全を手に入れ、支えてくれる家族ができるのだ。ポーシャは笑みを浮かべようと努めながら、言った。

「ええ。まずはムサカをオーブンに入れるところから始めてもらえる？」

彼の笑い声にポーシャの胸は温かくなった。

「はい、奥さま《マーム》。ムサカを焼いている間に、お風呂に入れてあげようか？　少しきみを甘やかしたい」

彼の笑顔はいたずらっぽかったものの、ポーシャはそのデニム・ブルーの瞳に心配の色が浮かんでいるのを見て取った。

ほら、彼はあなたのことを本当に心配している。

「その提案は完璧ね」

そう言いながらも、彼女は本当に完璧なものからは目をそむけた。つまり、レックスに愛されることから。

14

ポーシャはメイフェアの家に入り、玄関のテーブルの上に鍵を置いて靴を脱ぎ捨てた。そのほうが楽だった。一日の仕事で凝り固まった肩をまわす。レックスの勧めに従い、来週から勤務時間を減らすことにしたのは正解だった。

二カ月前のあの日、赤ちゃんへの不安を打ち明けて以来、レックスは約束を守ってくれていた。彼は計画を変更し、妊娠中はずっとロンドンに滞在できるようにしてくれた。ロンドンはなじみのある街だし、彼女は主治医を信頼していた。

子供が生まれたらギリシアに引っ越すことで二人は合意した。異国の言語を覚えられるかどうか多少の不安はあるが、移住こそが正しいとわかっていた。ギリシアには、大勢の家族がいる。子供には愛情に満ちた大きなネットワークの一員として育ってほしいとポーシャは願っていた。

彼女は黒と白のタイル張りの廊下を歩き、庭に面した広いキッチンとファミリールームに向かった。そして湯が沸くのを、スツールに腰かけて待った。

驚いたことに、流産への恐怖が和らぐにつれ、レックスは仕事をやめるようにと言わなくなった。仕事にしがみつく理由はこれといってなかったが、もしかしたら、ときおり頭をもたげる疑念から気をそらすためだったのかもしれない。

彼女はかぶりを振り、お茶をいれようと立ち上がった。

結婚式は来週に迫り、レックスの家族はギリシアから飛んでくる。ドレスも式場も決まっていた。レックスとの結婚は正しいとポーシャは信じていた。気になることがあれば式を延期してもいいとさえ言うほど、夫となる人は思いやりがあり、寛大で思慮深かった。そして、二人の性生活は驚異的だった。誰もが、彼女は幸運な女性だと言うだろう。実際、そのとおりだった。夫に愛されていないという事実を除いて。

ときどき十九歳の彼に愛を告白されたときのことを思い出す。

けれど、その男はいなくなってしまった。レックスのベッドでの情熱や思わせぶりな態度にもかかわらず、彼を結婚へと駆りたてているのは子供への愛だった。彼はそれが最優先事項だと明言し、二人の関係に恋愛感情は介在しないと何度も口にした。

だから、ポーシャは自分の気持ちを打ち明けるのをやめた。彼に哀れみの目で見られたくなかった。

彼女は唇を噛《か》み、湯気の立つマグカップをソファまで運んだ。人生はおとぎ話じゃない。愛があってもひどい男より、愛がなくても、思慮深くて寛大で、情熱をぶつけてくれる男のほうがいい。

もっとも、どんなに二人の子供の誕生を心待ちにし、夜ごとどんなに彼に快楽を授けられても、ポーシャは日増しに気がめいっていった。まるで壁が四方から迫ってくるかのように。挙げ句の果て、本能が結婚を考え直すよう警告し始めた。

あなたは人生にもっと多くを望んでいたのではなかった？　本当は愛が欲しくてたまらないんじゃない？

心の声にいらだち、紅茶をすすったとき、玄関のドアベルが鳴った。

レックスだわ！　予定より二日早くアメリカから帰ってきたの？　いえ、そんなわけはない。彼なら鍵を持っているから、ベルを鳴らすことはない。

自分の早とちりに気づくなり、ポーシャは胸をどきどきさせながら立ち上がった。

彼女がドアを開けると、隣人が立っていた。

「ミセス・バスコット！」一目見るなり、ポーシャは何かがおかしいと思った。老婦人は震え、青ざめている。「どうぞ、お入りになって」

「助けて！　あなたの助けが必要なのよ」

レックスは、ポーシャは早めに寝たのだろうと自分に言い聞かせても、家に明かりがついていないことに失望を抑えきれなかった。だが、予定が変わったことを伝えようとしたが、彼女が電話に出なかったことを思い出し、胸騒ぎを覚えた。

何かあったのだろうか、彼女か赤ん坊に？

案の定、一階にポーシャはいなかった。何か急用ができて出かけたのかもしれない。しかし、彼は自分でもそれを信じることができなかった。

ポーシャに会いたい、抱きしめたいという衝動に駆られ、階段を駆け上がる。だが予想どおり、寝室には誰もいない。レックスは腕時計に目をやった。

映画のレイトショーにでも出かけたのかもしれない。そう思うそばから否定した。ありえない。

バスルームのドアは開いていたが、誰もいない。レックスは空っぽの棚を見つめ、何が置いてあったか思い出そうとした。たしか……彼女の洗面用具入れだ。彼は片っ端から引き出しや扉を開けたが、洗面用具入れは見つからなかった。

彼は寝室を横切って衣装室に入り、明かりをつけた。ポーシャの仕事着一式がベルベットのソファの上に乱雑に重ねられていた。急いでほかの服に着替えたかのように。ポーシャらしくない。

レックスは二人の荷物がしまってある大きな戸棚に向かった。ポーシャに買ってやった服はすべてそこにあったが、隅にあったはずの彼女の小さなスーツケースが消えていた。

ナイフでえぐられたような胸の激しい痛みに、レックスはその場にくずおれそうになり、とっさにドアの取っ手をつかんだ。

ポーシャが何も言わずに出ていくはずがない。彼女はそんな女じゃない。そう自分に言い聞かせても、パニックはおさまらなかった。

何かがおかしいと気づいてはいた。ポーシャの笑顔、分かち合う驚異的なセックス、結婚に対する彼女の前向きな変化——それらにもかかわらず、レックスは最近、何か不穏なものを感じていた。二人の間に溝ができている気がしてならなかった。

彼は衣装室を見まわした。片隅にウエディングドレスの入った長いバッグがつるされている。その横にはブライダルシューズが入った箱があった。しかし、彼女のお気に入りのフラットシューズが見当たらない。ほかにもいくつか隙間が目についた。

彼は恐怖をのみこんだ。

ポーシャはスーツケースと服をいくつか持ち、メツセージも残さずに出ていったのだ。

髪の生え際に冷や汗がにじんだ。二つの恐ろしい選択肢が脳裏に浮かび、胃がきりきりと痛んだ。彼女か赤ん坊に異変が生じ、病院に向かったか、あるいは結婚を断念したか。レックスにとってはどちらも受け入れがたいものだった。病院に電話をかけるため、彼は携帯電話を取り出した。

ポーシャは疲労困憊《ひろうこんぱい》で、小さなスーツケースを手に石段をのぼっていった。長い一日だった。

おぼつかない手でようやく鍵を開けて玄関ドアを開けたとたん、勢いよくドアが開いてつんのめりそうになった。

玄関ホールの明かりを背に巨大な人影が眼前にそびえていた。恐怖に襲われたが、すぐさま安堵《あんど》の波が胸に押し寄せた。セクシーな髪、見覚えのある力強いシルエット。レックスだ。

「僕の宝物《クリシー・ムー》」

またたく間にたくましい腕の中に引きこまれたかと思うと、レックスは支離滅裂な言葉をつぶやきながら、彼女の髪を撫《な》でた。

ポーシャはスーツケースを下ろし、彼の腰に腕をまわした。彼の腕の中にいるのはとても気持ちがいい。これこそ彼女が望んでいた帰郷の風景だった。無人の家に帰るのではなく。

「どうしたの？　帰国は二日後のはずでしょう？」

けれど、そんなことはどうでもよかった。この熱烈な抱擁にポーシャの心臓は跳ねた。

「きみを驚かせようと早く帰ってきたんだ。どこに行っていたんだ？」

彼の声に切迫したものを聞き取り、ポーシャはようやく彼の大きな体が震えているのに気づいた。

「レックス、大丈夫？　どうかしたの？」

彼はふっと笑い、ポーシャの背中に腕をまわしたまま、スーツケースをつかんで彼女を中に引き入れた。「二十四時間も姿を消していて、何かあったのかときくのか？　僕は気が狂いそうだったのに」

ドアが閉まり、ポーシャは初めて彼の顔をまともに見た。眉間にしわが刻まれ、口の横には深い溝が走っていた。彼のこんなにも険しい顔を見たのは初めてだった。

ポーシャは彼が何を恐れているのか、すぐに理解した。彼の腕をつかみ、まっすぐに見つめる。「大丈夫よ、レックス。赤ちゃんは無事だから」

大きく胸を上下させ、彼はうなずいた。しかし表情は、崖っぷちに立たされているかのようにこわばったままだった。

どうして？　私は今ここにいて、赤ちゃんも無事だというのに。

「ポーシャ、なぜ僕に何も言わずに、いなくなったんだ？」

「話せば長くなるわ」試練の二十四時間だった。彼女は疲れ果てていた。「あなたが心配していたなんて知らなかった。でも、まずはバスルームに行かせて。それからキッチンで話しましょう」

「荷物は僕が運ぶから、きみは用を足したら、着替えるなり、シャワーを浴びるなりしてくれ。その間に、僕はお茶と夕食の用意をする」

階段をのぼって寝室に入るまで、レックスは彼女にずっと腕をまわしていた。腕を外したらポーシャがまたどこかに行ってしまうかのように。二度と彼女を放したくないかのように。

いいえ、ありえない。彼は赤ちゃんに何かあったのではないかと怯《おび》えていただけよ。

けれど、バスルームに入るとき、自分の一挙一動を彼が見ていることに気づいた。その強烈な視線に、ポーシャの肌は熱くなった。

ゆっくりと熱いシャワーを浴びたかったが、レックスを待たせるのは忍びなかった。用をすませてキッチンに入るやいなや、レックスはさっと振り向いた。彼の顔には安堵の色が浮かんでいる。それとも、私の気のせいかしら？

ポーシャはカウンターのスツールに腰を下ろし、人心地ついた。「今日あなたが帰ってくるとは思わなかった。何か問題があったの？ 私は――」

「なぜ出ていったんだ、ポーシャ？ なぜ僕の電話に出なかった？」

レックスは湯気の立ちのぼるマグカップを彼女の前に置いた。そしてカウンターに腰をあずけ、足首を交差させた。しかし、その何気ないポーズとは裏腹に、顔はこわばっていた。崖っぷちに立たされた男のような雰囲気もそのままだった。

レックスは彼女の警戒気味の目を見下ろし、心配するようなことは何もないと自分に言い聞かせた。彼が優秀なビジネスマンであるゆえんは、常に平静を保ち、物事を分析する能力にあった。臨機応変に対処して問題を解決し、チャンスに変えるのだ。

だが、今はその能力に見放されていた。昨夜も今日も彼はひたすら心配し続けた。赤ちゃんが無事だと聞いても、恐怖心が薄れることはなかった。

ポーシャが戻ってきたのは、僕のためではない。彼女は僕が帰宅しているとは思っていなかったのだから。戻ってきた彼女は僕とずっと一緒にいてくれるのだろうか？ それとも一時的に戻ってきただけなのか？

彼女はため息をついてマグカップを取り上げ、両手で包みこんだ。「携帯電話のバッテリーがなくなってしまい、出られなかったのよ。慌てて家を出たから、充電器を持っていくのを忘れて……。あなたが心配しているなんて夢にも思わなかった」

「だが、留守中、僕はいつも夕方に電話をかけていただろう」ポーシャの無事を確認するために。

そう、彼女は僕にとってかけがえのない存在だったから。そのことに、以前は気づかなかったが、今回の騒動で遅ればせながら気づいたのだ。そして、多大な資金を投じてポーシャを捜させたが、有力な手がかりは見つからず、心配でたまらなかった。

ポーシャはマグカップの縁越しに彼を見た。「ええ、わかっているわ。ごめんなさい。あなたの番号は短縮ダイヤルに登録してあったから、覚えていなかった。だけど、一晩くらい連絡がとれなくてもどうってことないと自分に言い聞かせて……心配かけて本当にごめんなさい。でも、赤ちゃんは元気よ」

レックスはうなずいたものの、すべての不安が払拭されたわけではなかった。

彼は、ポーシャが結婚を取りやめて出ていったのではないかと想像していた。そして、新しい住まいを見つけたうえで、別れを告げるために戻ってきたのではないか、と。

ポーシャの不在の間、レックスはこのところ彼女がいらだっていた理由にようやく思い当たった。間近に控えた結婚式に違いないと。そして別れを切りだそうとしていたのだと。

なぜなら、僕が彼女に抱いているような気持ちを、ポーシャは僕に抱いていなかったから。すばらしいセックスと友情と赤ちゃんを分かち合っているにもかかわらず。

ポーシャは僕を完全には信頼せず、大切に思っていなかったのだ。

そのことに気づいて、レックスはひどく落胆した。

しかし、彼女の言い分を聞かなければならなかった。そのうえで説得するつもりだった。僕を見捨てるなと。

「ポーシャ、きみはどこにいたんだ？　この二十四時間あまり、何をしていた？」

「レックス、座って。気分が悪そうよ」

　自分が何をしていたかポーシャは話したくないのだと思い、レックスは胸を締めつけられた。彼が動けずにいると、顔をしかめた。

「ミセス・バスコットを助けていたの」

　聞き覚えのある名前だが、思い出せない。「ミセス・バスコット？」

「お隣の老婦人よ」

　レックスは思い出した。隣家の元気な白髪の女性だ。「続けてくれ」

「彼女に悪い知らせが届いたの。コーンウォールに住む娘さんが交通事故で病院に運ばれたと。娘さんには三人の幼い子供がいて、夫は海外出張中。ミセス・バスコットは、娘さんの様子と子供たちの面倒を見に、できるだけ早く出発しなければならないのに、動揺していて運転に自信がないと言って、私に助けを求めに来たのよ」

　彼は落ち着こうと深呼吸をした。「それで、きみが運転を代行し、向こうで一晩過ごしたわけだ」

　ポーシャはうなずいた。「彼女が娘さんの病院に行っている間、私は今日のお昼頃まで子供たちの世話をして、午後の電車に乗ったの。だけど、ダイヤが乱れていて、予定より時間がかかって……」

　安堵のあまり膝から力が抜け、レックスはカウンターに手をついた。ポーシャは僕を見捨てたわけではなかったのだ。

「彼女の娘さんの具合は？　それに、高齢の女性が三人の幼い子供の面倒を見るのは大変だろうに」

「娘さんは元気だそうよ。一両日中には退院でき、週明けにはご主人も戻ってこられるんですって」

「それまではホームヘルパーを手配すればいい。おそらくまだショックから立ち直っていない老婦人が三人の幼子を見るのは無理だ」

「すばらしいアイデアね。さっそくミセス・バスコットに電話して進言するわ」

言い終えたポーシャの顔に読み取りがたい表情が浮かんだ。

「あなたは本当に物事を現実的に考えて整理するのが上手ね」

表向きは褒め言葉だが、レックスは違和感を覚えた。「僕のそういうところが嫌いなのか?」

「まさか。すばらしい長所よ」ポーシャは紅茶に口をつけた。「それがあなたの特質なの。問題を見て、それを分析し、解決していくのが」

レックスは続きを待ったが、彼女は口を閉ざした。

「僕が何かを解決したのを、きみは見たのか?」

ポーシャは片方の眉を上げた。「私たちの状況とか、赤ちゃんのこととか」

「僕が僕たちの状況を改善したと?」常に物事を冷静に見ているとポーシャに思われていることに、レックスは釈然としないものを感じていた。僕が赤ん坊のことをどう思っているか、知っているのに。

だが、と心の声が割って入った。おまえがポーシャのことをどう思っているかは知らない。

その声で、レックスは自分が今、大きな岐路に立たされていることに気づいた。血が沸き立ち、これまで何度か経験したアドレナリンの噴出を感じた。

彼は、ポーシャへの思いが自分を破滅に追いこむのではないかという恐怖心から、向き合うことを避けてきた。過去の二人の恋愛のことは忘れたとポーシャに言ったが、そんなことは不可能だった。それが、別れて以来ずっと、僕が永遠のパートナーを見つけられなかった理由の一つだった。

彼女は紅茶に目を落とした。「私ならそんな言い方はしない。赤ちゃんはあなたにとってすべてなのでしょう?」挑むように彼を見つめる。「私は私たちの子供のために家庭を築こうと懸命に努めているあなたを尊敬しているの」

子供のためだけじゃない――その言葉は彼の舌の上に乗り、今にも飛び出しそうだった。

だが、それを口にしたら、ポーシャはどんな反応を示すと思う？　心の声が尋ねた。彼女はおまえに何を感じていると思う？

氷の塊のような恐怖が背筋を伝い、腹に積もった。そして、気づいたときには言葉が口から飛び出していた。「僕は赤ちゃんのためだけに行動しているわけではないんだ、ポーシャ」彼は咳払《せきばら》いをした。「きみを愛している。十代のときにきみを好きになって以来、きみへの愛が消えたことはなかった。あれは単なる若気の至りではなく、もっと深いものだった」

ポーシャのマグカップが大きな音をたててカウンターに落ちた。ショックを受けたのか、彼女の目は大きく見開かれ、美しい口はわなわなと震えていた。「無理をしないで、レックス。お互いに正直であろうと約束したでしょう」

彼はうなずき、ぎこちない動きで彼女のほうに近づくと、震える手で彼女の頬を撫でた。「覚えているよ。だが、僕は完全には正直ではなかった」

ポーシャはやけどでもしたように彼の手を振りほどき、身を引いた。

レックスは真実をありのままに話すしかなかった。「きみと分かち合っているのは、欲望と昔の友情の名残だけだと、僕はずっと自分に言い聞かせてきた。それで充分だと思った。そして赤ん坊のことを知ったときも、僕が感じた興奮は自分が父親になることによるものだと自分に言い聞かせた。結局、僕は臆病者だったんだ。最初は意図的なものではなく、二度と傷つかないように自分の感情を抑えるためだった。きみの父親の嘘《うそ》を見抜けず、きみに大変な苦労をかけたという負い目もあった。親密な関係のようなものに抵抗を感じるのは、自分が母親に似ているせいなのかもしれないと思った」

レックスは言葉を切り、髪をかきむしった。

「きみを失望させてしまった僕は、きみにふさわしい男ではないと根源的なレベルでわかっていた」

「ああ、レックス……」

ポーシャが温かな手で彼の左手首を包むと、レックスはすかさずそこに右手を重ねた。

「私たちはとても若く、あなたはずっと偏見にさらされていた。あなたが父の嘘に引っかかったとしても、不思議でもなんでもない」

「だが、僕たちが再会したとき、きみはまだ僕のことを恨んでいた」

ポーシャはうなずいた。「ええ、あなたを再び信頼するようになるまで長い時間がかかった。特に自分の感情を信じるには——」

「チャンスを与えてほしい、ポーシャ。結婚を先延ばしにしたいのなら、あるいは結婚したくないのなら、僕はそれを受け入れる。僕はどうしてもきみと一緒にいたい。愛している。きみが考え直していることはわかっている。だが、僕はきみの信頼を取り戻すためなら、なんだってする」

ポーシャは目をしばたたいた。その目には涙が光っていた。

「ああ、クリシー・ムー、泣かないで。お願いだ」

「これは幸せの涙よ」彼女は鼻をすすった。「私はずっとあなたを愛していた。愛してはいけないと思いながらも、できなかった」

レックスの心は舞い上がった。「きみは僕を愛しているのか？」

ポーシャのもう一方の手が彼の手に重なり、二人は強く握り合った。興奮に体を震わせて。

彼女は首をかしげた。「だから結婚式のことを心配していたの。赤ちゃんのためとはいえ、私を愛してくれない人と結婚するのは……」

「だが、僕はきみを愛している」レックスは彼女の手を持ち上げ、指にキスをした。そして、突然ひざまずいた。「クリシー・ムー。僕と結婚してくれますか？　子供のためではなく、きみなしでは僕は生きていけないから」肺が痛くなるほど深く息を吸いこんでから続ける。「僕は今後、自分の気持ちを包み隠さず話すと誓う。そして、きみが僕を受け入れてくれるなら、信頼と献身と愛を、きみに永遠に捧《ささ》げ続《つづ》ける」

　そのときのポーシャの表情を、レックスはけっして忘れないだろう。たとえ百歳まで生きていたとしても。それほどまでに、屈託がなく愛にあふれたその表情は、陽光さながらに彼女の心を至福の光で満たした。

「ああ、レックス、あなたを信頼し、愛し、人生を分かち合うと約束するわ。私にはあなたしかいない。こんなに私を幸せにしてくれる人はあなたが最初で最後よ」ポーシャは彼の手を握った。「さあ、立ち上がってキスをして。私が泣きだす前に」

　レックスは彼女を抱きしめ、これは夢ではなく現実なのだと信じた。ポーシャに愛されるなんて、これ以上に幸せな男はこの世にいない。

　しばらくしてポーシャがつぶやいた。「〝クリシー・ムー〟ってどういう意味？　スペルがわからなくて、調べられなかったの」

　レックスは彼女の後頭部を手で支え、指で美しいブロンドの髪を梳《す》いた。

「〝僕の宝物〟という意味だ。僕はいつもきみのことをそう思っていた」レックスはまぶしそうな彼女の目を見てほほ笑んだ。「きみは人生を明るく照らす宝石だ、僕のポーシャ」

「私のレックス……」彼女の目からとめどもなく涙があふれた。「私たちは幸せな夫婦になれるわ」

エピローグ

「僕の宝物《クリシー・ムー》、大丈夫か？」

ほほ笑みながら振り向いたとたん、ポーシャはハンサムな夫に息をのんだ。色あせたジーンズに長い脚を包み、淡い色のシャツの袖を肘までめくり上げた彼が魅力的だから、というだけではない。近づくなり腕をまわしてきたレックスの目が愛に輝いていたからだ。その目を彼女は毎日見ていた。

「ええ、すべてが完璧よ。本当にすてき」

ポーシャは彼の首に腕をまわして自分のほうに引き寄せ、キスをした。愛と約束に満ちたキスを。

そのとき、咳払《せきばら》いが聞こえ、レックスは慌てて頭を上げた。

「お熱いところを邪魔して悪いけれど、子供たちがおなかをすかせているわ。おやつをあげてもいいかしら？」

レックスは妻と目を見交わした。「誰か姉さんにタイミングというものを教えてくれないかな」

「私のタイミングは完璧よ」ゾーイは言い返した。

ポーシャが夫の腕の中で振り向くと、ゾーイがテラスから開け放たれたフレンチドアを抜けて居間に入ってきた。

「すぐに何か食べさせないと暴動が起こるわ」

「ジョージアは暴動を起こすには幼すぎる」レックスは抗議した。「ゾーイ、きみのフーリガンが暴れているのなら、何か持っていってやったほうがいい」

レックスはポーシャの頬にすばやくキスをして、急ぎ足でキッチンに向かった。

「ごめんなさい、ゾーイ」ポーシャは謝った。「アスパシアが用意している料理を取りに来たんだけれど、気が散って……」

義姉は笑った。「あなたたちはいつも気が散ってばかりね。まるで毎日が新婚旅行みたい」

そのとおりなので、ポーシャは異を唱えなかった。

「それ、すてきね」ゾーイはポーシャの傍らで足を止め、レックスが今週ロンドンから持ってきた絵に目をやった。「薔薇《ばら》に囲まれてうたた寝しているような、そんな雰囲気に満ちている」

それは、レックスをポーシャの人生に連れ戻した絵だった。「それで気になっていたの。大好きな絵なんだけれど、ギリシアの家の壁に飾るのはどうかと思って……」

「あなたが好きなら、それはこの家にふさわしいわ」ゾーイはポーシャの腕に手を添えた。「あなたがギリシアに戻ってきてくれて本当にうれしい。この夏、一緒に過ごすのが楽しみだわ」

レックスとポーシャは、しばらく彼の島で暮らし、彼女の留学先が始まったらロンドンに戻るということで合意していた。それ以後は、おそらくジョージアが学校に通い始めるまで、イギリスとギリシアを頻繁に行き来することになるだろう。

「私もよ、ゾーイ。あなたは最高のお義姉《ねえ》さんよ」

ゾーイはポーシャを抱きしめてほほ笑んだ。「弟があなたを説得して結婚にこぎ着け、私は幸運だったと思っているわ」彼女はポーシャを外へといざなった。歓声と水しぶきが海辺から聞こえる。「〝イエス〟と言う前に、特別なプレゼントをたくさんもらったんでしょう？」

ポーシャは笑いながら、大きなトレイを持ってテラスに現れたレックスを横目で見た。そして彼からもらったプレゼントのことを考えた。

亡き母の宝石。母方の祖母のものだった、秘密の引き出しがついたライティングデスク。ポーシャにとってかけがえのないものをレックスは贈ってくれた。彼がどうやってそれらを探し出したのか、見当もつかない。しかし、それをジョージアや、これから生まれてくる子供たちと共有できると思うと、心の底から喜びが湧いた。

「あら、また何か始まりそうね」義妹の顔を見てゾーイはからかった。そしてレックスからトレイを奪い取った。「もし五分以内に海辺に戻ってこなかったら、子供たちにあなた方を捜しに行かせるわよ」

レックスはポーシャに腕をまわし、ゾーイの後ろ姿を見送った。両親、おばとおじ、そして祖父に見守られながら、八人の子供たちが浅瀬で水しぶきをあげているところへ向かうのを。

「僕と結婚して僕の家族に取り巻かれていることに、後悔はないのか？」

「私はあなたの家族を愛しているの」ポーシャはきっぱりと答え、夫の肩に頭をあずけた。「もちろん、あなたのこともね、レックス」

彼は妻の腰をぎゅっとつかみ、紫色のサンドレスの上から揉《も》みしだいた。そして妻をくるりと回転させた。ポーシャは夫の顔から笑いが消え、激しい感情が浮かぶのを見た。

「愛している《サガポ》、ポーシャ。全身全霊で。オークションであの絵を見ていなかったら、僕の人生はどうなっていたかと思うと、ぞっとする——」

ポーシャは彼の口に指を立てて遮った。「でも、私たちは出会えた。もう過去にこだわるのはやめましょう。今あるものに集中するべきよ」

「きみは賢い人だ、ポーシャ・トマラス。敬愛しないではいられない」

レックスは彼女の手を握りしめ、並んで丘を下っていった。その先の陽光にきらめく海は、まさに二人の明るい未来を象徴していた。

ハーレクイン®

十年後の愛しい天使に捧ぐ
2025 年 4 月 20 日発行

著　　者	アニー・ウエスト
訳　　者	柚野木　菫（ゆのき　すみれ）
発 行 人	鈴木幸辰
発 行 所	株式会社ハーパーコリンズ・ジャパン 東京都千代田区大手町 1-5-1 電話 04-2951-2000（注文） 0570-008091（読者サービス係）
印刷・製本	大日本印刷株式会社 東京都新宿区市谷加賀町 1-1-1

ISBN978-4-596-72684-1 C0297

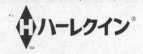

◆◆◆◆ハーレクイン・シリーズ 4月20日刊 発売中

ハーレクイン・ロマンス

愛の激しさを知る

十年後の愛しい天使に捧ぐ	アニー・ウエスト／柚野木　菫 訳	R-3961
ウエイトレスの言えない秘密	キャロル・マリネッリ／上田なつき 訳	R-3962
星屑のシンデレラ《伝説の名作選》	シャンテル・ショー／茅野久枝 訳	R-3963
運命の甘美ないたずら《伝説の名作選》	ルーシー・モンロー／青海まこ 訳	R-3964

ハーレクイン・イマージュ

ピュアな思いに満たされる

代理母が授かった小さな命	エミリー・マッケイ／中野　恵 訳	I-2847
愛しい人の二つの顔《至福の名作選》	ミランダ・リー／片山真紀 訳	I-2848

ハーレクイン・マスターピース

世界に愛された作家たち
〜永久不滅の銘作コレクション〜

いばらの恋《ベティ・ニールズ・コレクション》	ベティ・ニールズ／深山　咲 訳	MP-116

ハーレクイン・プレゼンツ作家シリーズ別冊

魅惑のテーマが光る
極上セレクション

王子と間に合わせの妻《リン・グレアム・ベスト・セレクション》	リン・グレアム／朝戸まり 訳	PB-407

ハーレクイン・スペシャル・アンソロジー

小さな愛のドラマを花束にして…

春色のシンデレラ《スター作家傑作選》	ベティ・ニールズ 他／結城玲子 他 訳	HPA-69

文庫サイズ作品のご案内

◆ハーレクイン文庫・・・・・・・・・・・・・・毎月1日刊行
◆ハーレクインSP文庫・・・・・・・・・・・毎月15日刊行
◆mirabooks・・・・・・・・・・・・・・・・・・毎月15日刊行

※文庫コーナーでお求めください。

4月25日発売

ハーレクイン・シリーズ 5月5日刊

ハーレクイン・ロマンス

愛の激しさを知る

大富豪の完璧な花嫁選び	アビー・グリーン／加納亜依 訳	R-3965
富豪と別れるまでの九カ月 《純潔のシンデレラ》	ジュリア・ジェイムズ／久保奈緒実 訳	R-3966
愛という名の足枷 《伝説の名作選》	アン・メイザー／深山　咲 訳	R-3967
秘書の報われぬ夢 《伝説の名作選》	キム・ローレンス／茅野久枝 訳	R-3968

ハーレクイン・イマージュ

ピュアな思いに満たされる

愛を宿したよるべなき聖母	エイミー・ラッタン／松島なお子 訳	I-2849
結婚代理人 《至福の名作選》	イザベル・ディックス／三好陽子 訳	I-2850

ハーレクイン・マスターピース

世界に愛された作家たち
～永久不滅の銘作コレクション～

伯爵家の呪い 《キャロル・モーティマー・コレクション》	キャロル・モーティマー／水月　遙 訳	MP-117

ハーレクイン・ヒストリカル・スペシャル

華やかなりし時代へ誘う

小さな尼僧とバイキングの恋	ルーシー・モリス／高山　恵 訳	PHS-350
仮面舞踏会は公爵と	ジョアンナ・メイトランド／江田さだえ 訳	PHS-351

ハーレクイン・プレゼンツ作家シリーズ別冊

魅惑のテーマが光る
極上セレクション

捨てられた令嬢 《ハーレクイン・ロマンス・タイムマシン》	エッシー・サマーズ／堺谷ますみ 訳	PB-408

※予告なく発売日・刊行タイトルが変更になる場合がございます。ご了承ください。

今月のハーレクイン文庫

4月1日刊

珠玉の名作本棚

「情熱のシーク」

シャロン・ケンドリック

異国の老シークと、その子息と判明した放蕩富豪グザヴィエを会わせるのがローラの仕事。彼ははじめは反発するが、なぜか彼女と一緒なら異国へ行くと情熱的な瞳で言う。

（初版：R-2259）

「一夜のあやまち」

ケイ・ソープ

貧しさにめげず、4歳の息子を独りで育てるリアーン。だが経済的限界を感じ、意を決して息子の父親の大富豪ブリンを訪ねるが、彼はリアーンの顔さえ覚えておらず…。

（初版：R-896）

「この恋、揺れて…」

ダイアナ・パーマー

パーティで、親友の兄ニックに侮辱されたタビー。プレイボーイの彼は、わたしなんか気にもかけていない。ある日、探偵である彼に調査を依頼することになって…？

（初版：D-518）

「魅せられた伯爵」

ペニー・ジョーダン

目も眩むほどハンサムな男性アレクサンダーの高級車と衝突しそうになったモリー。彼は有名な伯爵だったが、その横柄さに反感を抱いたモリーは突然キスをされて——？

（初版：R-1492）